Y

LES

OEVVRES POETIQVES

DE

VAVQVELIN DES-YVETEAVX

REVNIES POVR LA PREMIERE FOIS.

C.

LES

OEVVRES POETIQVES

DE

VAVQVELIN DES-YVETEAVX

REVNIES POVR LA PREMIERE FOIS,

Annotees et publiees

PAR

PROSPER BLANCHEMAIN,
Bibliothecaire-adioint au Ministere de l'Interieur.

A PARIS,

PAR AVGVSTE AVBRY.
LIBRAIRE, RVE DAVPHINE.

—

M. DCCC. LIIII.

A MONSIEUR

JÉRÔME PICHON,

Président de la Société des Bibliophiles
Français.

Monsieur,

C'est *à vous que je dois les plus curieux
des renseignements réunis dans ce Livre,
sur Vauquelin des Yveteaux. Avant que
la pensée me fût venue de rassembler ses
poésies ensevelies dans les Recueils du
temps, vous l'aviez déjà ressuscité, ainsi
que Vauquelin de la Fresnaye, son père,
dans les savantes Notices que vous avez
consacrées à ces deux poëtes Normands.*

*

*Avec cette exquise urbanité, cette char-
mante bienveillance qui vous sont si naturelles, vous m'avez gracieusement ouvert
les trésors de votre bibliothèque et les trésors plus précieux encore de votre érudi-
tion.*

Ce Livre est presque le vôtre.

*Il est donc juste que vous me permettiez
de le couronner de votre nom, pour dire
à tous que je suis heureux et fier d'être,*

MONSIEUR,

VOTRE *très-humble et très-
reconnaissant serviteur,*

P. B.

LA VIE

DE

VAVQVELIN DES-YVETEAVX.

———

Les Œuures esparses de Vauquelin Des-Yueteaux meritoient d'estre recueillies, bien qu'il ne soit guere conneu auiourd'huy que comme l'vn des caractères les plus singuliers de son temps.

C'est à ce titre que M. Tallemant des Réaux a escript pour luy vne de ses Historiettes. Dans la fascheuse renommée que luy ont faicte ses amours pastorales et ses bizarreries, son génie poeticque a esté plus meconneu qu'il n'auroit deu l'estre.

Le seul nom de M. De-Malherbe reste le modele de l'escriuain réformateur de la langue, tandis qu'autour de lui brilloient quelques autheurs, dont les escrits protestoient aussy bien que les siens contre les pointes, l'affeterie, le style trop pretieux et enflé des escoliers de Ronsard.

Des-Yueteaux estoit de ce nombre.

Nicolas Vauquelin, sr des Yueteaux, naquit en 1567 (1), au

---

(1) Diverses biographies, se fondant probablement sur l'épitaphe de Des-Yveteaux, qui lui donne 90 ans en 1649, époque de sa mort, assignent à sa naissance la date de 1559 ; c'est à tort. Dans une Idillie de son père, on lit les vers suivants :

« La lune auoit marqué les mois
» Mille et cinq cents soixante fois,
» Cinq jours dedans celui qu'on nomme
» Du nom de Jule encore à Rome,

chasteau de la Fresnaye-au-Sauuage, près Falaize. Il estoít
l'aisné des quatre filz de Jean Vauquelin, sr de la Fresnaye ,
de Sassy, de Boëssey, des Yueteaux, des Aunez et d'Arry (1).
Sa mère s'appeloit Anne de Bourgueuille.

Son père, Lieutenant général, puis Président au bailliage
et présidial de Caën, estoit luy mesme poëte. Il a laissé un
Art Poëticque, en trois liures, des *Satyres,* des *Epigrammes,*
des *Idillies,* etc. (2), oû se trouuent nombre de vers remarquables et fort bien pensés.

Nicolas Vauquelin n'auoit encore que 14 ou 15 ans, lorsque
son père lui adressa vne°de ses *Satyres,* où il luy donne les
plus sages aduis.

Le ieune homme semble auoir d'abord mis à profit ces
conseils ; car il estudia les lois sous son père, et lui succeda
en sa charge de Lieutenant général au bailliage de Caën (3).

> » Quand de Philanon et Philis
> » Furent les désirs accomplis. »
>   (*Idillie* 74 , liv. 1er, p. 515).

De la Fresnaye n'aurait pas pris la peine de fixer avec tant de soin une
date imaginaire ; il faisoit là une allusion à son mariage.

M. J. Pichon, dans ses savantes Notices sur Vauquelin père et fils
(Paris, Techener, 1846, in-8o), a fixé la naissance de Des-Yveteaux à 1567
ou 1568, d'après les factums relatifs à ses procès, qui lui donnent, l'un
77 ans, et l'autre 78 en 1645. On doit supposer qu'il prenait ses années
entre la date précise du premier et du deuxième factum de 1645 ; et
croire qu'il est né en 1567.

(1) Les autres fils de la Fresnaye sont ainsi nommés dans ses OEuvres :
Charles Vauquelin, abbé commandataire de St Pierre sur Dyve, en
Normandie ; Guillaume Vauquelin, sr de la Fresnaye, lieutenant général
au bailliage et présidial de Caen ; et Jean Jacques Vauquelin, seigneur
de Sacy.

Dom Bonaventure d'Argonne, chartreux, qui se cache sous le pseudo-
nyme de Vigneul-Marville (Mélanges d'Histoire et de Littérature, 4e édit.,
Paris 1725, 1er vol., page 177 et suiv.) dit que Guillaume Vauquelin était
frère aîné de Nicolas Des-Yveteaux. Mais n'est-il pas plus naturel de
croire que Vauquelin de la Fresnaye a nommé ses fils selon l'ordre de
primogéniture ?

(2) Les diverses poésies du sr de la Fresnaie Vauquelin (Caen, par Ch.
Macé, 1605, 8°) comprennent l'Art poétique, 5 livres ; Satyres, 5 livres ;
Idillies, 2 livres ; Epigrammes, 1 livre ; Epitaphes, 1 livre ; divers Son-
nets, 1 livre. On a encore de lui les deux premiers livres des Fores-
teries (Poitiers, 1555, in 8o).

(3) La Biographie universelle de Michaux (article Des Yveteaux) affirme,
contrairement au dire de Tallemant des Réaux, que Des Yveteaux était
dans les Ordres, et n'avait jamais été dans la magistrature. N'aura-t-on
pas confondu avec son frère Guillaume ?

L'auteur de la Notice a suivi le récit de Tallemant des Réaux, qui connais-
sait personnellement Des-Yveteaux, et qui est très-explicite sur ce point.

Mais, ayant esté cité au Parlement de Rouen, pour rendre raison de quelque irrégularité, exhorté d'ailleurs par le Mareschal d'Estrées de venir à la Cour, et de ne point passer sa vie à donner des sentences, il résigna sa charge, après cinq ans d'exercice, et se rendit à Paris, laissant son frère puîné, Guillaume Vauquelin, siéger à sa place. Il auoit des manières, de l'esprit; ses vers lui acquirent l'estime de Philippe Des-Portes et du Cardinal Du-Perron, qui pour lors auoient le pas sur tous les beaux-esprits de la Cour.

A leur recommandation et à celle du Mareschal d'Estrées, le Roy Henri IV le fist precepteur du filz qu'il auoit eu de Mme la Duchesse de Beaufort, Mgr le Duc Cesar de Vendosme, pour qui il escriuit son Discours de l'Institution d'un Prince. Il fust ensuyte nommé precepteur de Mgr le Dauphin, et eust, jusqu'à la mort du Roy, toute la vogue qu'on sçauroit auoir.

Mais, durant la régence, sa place luy fust ostée, bien qu'il eust sçeu se faire aimer de son eleue, et peut estre à cause de cela mesme. Vne plaincte, que le Clergé fist contre luy à cette époque, n'y fust pas non plus estrangère.

La Royne-mere auoit du reste tousiours esté mal-contente de veoir Des-Yueteaux en cest office; et, quand il s'estoit présenté deuant elle pour la remercier : « Si j'auois esté » creue, luy auoit-elle dit, vous n'auriez iamais esté le pre-» cepteur de M. le Dauphin. »

On luy donna, en le congédiant, vne pension de 2000 escus, avec les abbayes du Val et de la Trappe, ce dont il s'accommodoit fort bien. Mais les persécutions ne s'arrestèrent pas là : Mgr le cardinal le força de remettre ses deux bénéfices, sous accusation d'immoralité. Des-Yueteaux n'estoit pas le plus fort : il céda sans se faire prier, et la mort de son père luy ayant d'ailleurs laissé quelque bien, il acquit, dans la rue des Marais, au fauxbourg Sainct-Germain, vne maison audelà de laquelle il n'y auoit rien de basti alors. On l'appeloit, pour ceste raison, *le dernier des hommes*. Il disposa ceste maison le plus extrauagamment du monde; il fist tapisser les chambres de basanne dorée et gauffrée; il orna les murailles de festons, de chiffres et de lacs d'amour en paille (pour laquelle il auoit vne singulière affection); et, comme il estoit pour lors espris d'vne dame Du-Pin, il mist à son plancher des pommes de *pin* dorées, en guise de culs-de-lampe.

Le grand iardin qu'il y ioignit, et auquel on alloit par vne vouste sous terre, estoit à peu près fait de même (1). Il se mist à mener la dedans vne vie voluptueuse, mais cachée : c'estoit, disoit-on,vne espèce de Grand-Seigneur dans son serail.

Il paroist néanmoins que ceste mauuoise réputation n'effroyoit poinct les dames de la Cour, qui alloient par diuertissement visiter le logis et son maistre, et luy mesme se plaisoit à conduire partout les personnes qui se présentoient, surtout les dames, auxquelles il auoit tousiours à dire quelque galanterie.

Mme D'Hautefort, qui auoit esté aimée de Louis XIII, y estant venue, il luy dict presque serieusement : — « Madame, » voulez-vous faire parler de vous? Après a'voir maltraicté des » Rois, aimez un petit *bonhommet* comme moy. »

Une dame D'Harambure ayant, dans vne visite de ce genre, refusé des figues qu'il luy offroit, il en prit occasion de luy escrire vne fort longue lettre, dans laquelle il luy disoit, entre autres choses passionnées : « Encore que vous n'aimiez » point les figues, elles ne laissent pas d'estre friandes; de » mesme mon amour, quoique vous n'en fassiez point de cas, » n'est pas pourtant mesprisable. »

Au bas il y auoit : « Renuoyez-moy ceste lettre, s'il vous » plaict; car ie n'en ai point de double. »

Si la pièce respondoit à l'eschantillon, ce deuoit estre vne curieuse epistre.

Vn iour, en l'esté de 1628 (Des-Yueteaux auoit pour lors 61 ans), l'vne des portes de son iardin, qui donne rue du Colombier (2), estoit ouverte. Vne femme, grosse d'enfant, assez iolie de figure, mais fort triste, y regarde. Le bonhomme l'inuite à entrer, la promène, entre en conversation auec elle, et apprend qu'elle est fille d'vn homme qui jouoit de la harpe dans les hostelleries d'Estampes, et femme d'vn nommé Du-Puy, qui l'auoit espousée par amour (3). Son mary estoit malade dans la rue des Marais. Cette femme auoit l'air fort

(1) Saint-Amand fait allusion à cette voûte où il y avait probablement un écho singulier, à ce jardin *feuillu* et aux chants de Mlle Du-Puy, dans un sonnet qu'il adresse à Des-Yueteaux (page 329 de ses OEuvres. Paris, Est. Loyson, 1661, in 12).

(2) Aujourd'hui rue Jacob.

(3) Le nom de famille de la Du-Puy étoit Jeanne Felix.

doux : Des-Yueteaux en fut touché; il luy offre tout ce qu'il auoit; il les assiste (car Du-Puy estoit fort pauvre), et quand elle accoucha, il en eust tout le soin imaginable. Elle y retourne; et peu à peu, l'amour s'en meslant, elle captive sa confiance, le soigne dans vne longue maladie; enfin, elle s'establit chez luy auec son mary. Croyez pourtant qu'elle achetoit bien son bonheur : il falloit sçauoir du bonhomme, tous les matins, comment elle se coëfferoit, à la Grecque, à l'Espagnole, à la Romaine, à la Française, etc., quel habit elle prendroit; si elle seroit royne, nymphe ou bergère (1).

Luy mesme il s'habilloit en *Pastor Fido*, et la houlette à la main, la panetière au costé, le chapeau de paille doublé de satin rose sur la teste, il conduisoit, avec sa belle, le long des allées de son jardin, des troupeaux imaginaires. Quand la Du-Puy jouoit de la harpe, des rossignols, galamment dressés à cela, venoient se pasmer sur l'instrument (2).

Ceste amourette, dont les circonstances, commentées et exagérées par la malignité, amusèrent longtemps la cour et la ville, dura iusqu'à la mort de Des-Yueteaux.

Certes, de pareilles extrauagances dénoteroient vn cerueau derangé, si toustes fois la pluspart de ces gentillesses ne sont pas supposées; car Tallemant des Réaux, parlant ceste fois *de visu,* est forcé de conuenir que, quand il a frequenté Des-Yueteaux, il s'estoit accoustumé à s'habiller comme les autres; et Daniel Huet, dans ses Origines de Caën (3), affirme auoir sceu, par des gens de grand mérite et de grande qualité, qui auoient personnellement conneu Des-Yueteaux, que tout se seroit borné à un chapeau de paille, couuert de satin noir, et à des souliers de mesme estoffe, qu'il portoit dans les chaleurs de l'esté.

Quoy qu'il en soit, au milieu de ces folies, l'amour de Des-Yueteaux pour la musique et les pastorales, ses soins et son affection (peu platonique, à la vérité) pour ceste femme qu'il auoit tirée de la misère, dénotent vn fonds de bonté et de générosité naturelles.

(1) Tallemant des Réaux.

(2) Vigneul de Marville, Mélanges de Littérature (1725, t. Ier, p. 177 et suivantes).

(3) Les Origines de la ville de Caen et des lieux circonvoisins. (A Rouen, Maurry, 1702, page 529 et suivantes.)

Vn seul traict acheuera de prouuer que, si nostre poëte estoit vn epicurien fantasque, et trop amy des douceurs de la vie, il n'estoit nullement égoiste.

Vn Prince de la Maison de Lorraine, le comte de Brionne, s'estant retiré à Paris après la prinse de Nancy, Des-Yueteaux vouloit le loger chez luy, et luy disoit pour raison : « Mon- » sieur, vous auez si bien reçeu, dans le temps, les François » en Lorraine, qu'il faut bien vous rendre la pareille auiour- » d'huy. »

Les dernières années de Des-Yueteaux furent attristées par vn procès que luy suscita l'vn de ses neueux, Hercule Vau- quelin, ialoux de l'empire que la Du-Puy auoit pris sur luy, et par vn meurtre commis dans sa maison.

Le bonhomme, pour faire enrager son neveu Hercule, auoit marié la fille de Jeanne Du-Puy auec vn autre de ses neueux, fils de Jean-Jacques Vauquelin, sʳ de Sacy. Hercule, furieux, suborne vn spadassin, le sieur De-Lezinière, propre frère de la Du-Puy, lequel attendit vn iour Sacy, dans la rue de Seine, à la sortie d'vn ieu de paume, et l'auroit tué sans quelques gentils hommes qui se trouvoient là. L'affaire fust arrangée. Mais à quelques iours de là (le 16 mars 1645), Lezinière entre dans la maison sous prétexte d'auoir quelque argent de sa sœur, qui ne se soucioit guères de sa famille. Sacy accourt au bruit. Lézinière prend vn pistolet sous son justaucorps, tire sur Sacy et le manque. Vne lutte s'engage; vn laquais de Sacy, croyant son maistre en danger, frappe Lezinière à coups d'espée et le tue. Le bailly du fauxbourg, peut-estre gagné par Hercule Vauquelin, arreste la Du-Puy, la condamne à estre pendue et Sacy a être roué. Depuis ils en furent absous; mais ce ne fust pas sans donner à Des-Yueteaux beaucoup de tour- ment et de soucy.

Néanmoins, il portoit encore fort bien ses quatre-vingts ans (1648), et lassoit quelquefois ses visiteurs à force de les promener dans son iardin. C'estoit vn petit homme sec, à yeux de cochon, dit Tallemant des Réaux, qui le conneut alors. Il a tousiours eu l'esprit présent, et à sa mode, il di- soit encore de fort iolies choses.

Vn an deuant qu'il mourust, Ninon, qui alloit quelquefois iouer du luth chez luy, luy ayant demandé, vn iour de feste, s'il auoit esté à la messe : « Il y auroit, respondit-il, plus de

» honte à mon âge de mentir que n'auoir point esté à la messe.
» le n'y ay point esté auiourd'huy. »

Elle luy donna vn ruban iaune, qu'il porta, ie ne scay combien de temps, à son chapeau.

Sa seule incommodité estoit vne maladie de vessie ; ce fust ce qui le tua. Lors de la Fronde, ayant quitté Paris en mesme temps que la Cour, et s'estant retiré à Vareddes, près Germigny-l'Euesque, dans vne propriété qu'il auoit là, et son mal l'incommodant, il fallut auoir secours d'vn chirurgien de village, qui le blessa, et la gangrène s'y mist. Il se résolut constamment à la mort, *et fist,* dit Tallemant des Réaux, *tout ce qu'on a accoustumé de faire.*

Ces derniers mots d'vn huguenot, qui ne failloit iamais à l'occasion d'aiouster vn trait picquant aux pourtraicts qu'il a tracés d'vn crayon sy original et sy caustique, contredisent de tout poinct le dire de ceux qui prétendent que Des-Yueteaux se seroit faict iouer vne sarabande à son lict de mort (1).

Vne heure deuant que de mourir, il se promena par la chambre et pria la Du-Puy de luy fermer les yeux et la bouche, et de luy mettre vn mouchoir sur le visage dès qu'il commenceroit à agoniser, afin qu'on ne vist point les grimaces qu'il feroit.

Il mourust le 16 mars 1649, et fust enseueli dans l'église de Vareddes, où on lit l'épitaphe suyuante, qu'on dit auoir esté composée par M. l'abbé le Bouthillier de Rancé, réformateur de la Trappe (2) :

---

(1) C'est Saint-Evremont qui a raconté l'histoire de la sarabande, et Vigneul de Marville la rapporte d'après lui. (**T. Ier, p. 181.**)

(2) M. l'abbé Coquerelle, curé de Vareddes, à qui des renseignements ont été demandés sur l'épitaphe de Vauquelin Des-Yveteaux, a écrit le 11 mai 1853 :

« C'est dans l'église même et non dans le cimetière de la paroisse, n'en déplaise aux chroniqueurs, que V. Des-Yvteaux aurait été inhumé. Nos vieillards se rappellent avoir vu jusqu'en 93, à un pilier de l'église, son épitaphe sur marbre noir. Ce marbre s'est conservé longtemps encore chez un menuisier, lequel s'en servait, *infandum !* à broyer son mastic. Il paraît qu'il a été brisé depuis, et je n'en ai pu avoir un seul débris.

» Le souvenir de Des-Yveteaux consiste en quelques travées de bâtiments dépendant, à ce qu'il paraît, d'une ferme qu'il possédait à Vareddes, et dont le chapitre de N. D. de Meaux aurait hérité. A l'entablement de ces bâtiments, on remarque des débris d'ornements en plâtre, parmi lesquels on voit encore distinctement la lettre H encadrée de feuilles de chêne et plusieurs Y renversés. »

* *

« PASSANT, ie n'ay iamais arresté personne pendant ma vie;
» ie n'ay garde de le faire après ma mort. Mais si quelque
» occasion t'amène en ceste église, tu auras loysir de lire que
» NICOLAS DE VAVQVELIN S. DES YVETEAVX y a voulu estre
» enterré, ayant choisy ce lieu pour m'eslongner du bruit
» et pour euiter la multitude, comme ie faisois tousiours
» dans le monde, ayant tenu ma vie cachée et ma conscience
» nette, sans ostentation, et conserué ma liberté entière sans
» dissolution. Ie croy ne te deuoir celer que i'ay esté aymé
» de HENRY LE GRAND, IVᵉ du nom, comme tu verras par ces
» vers, car c'est chose qui doit passer en admiration que
» le moindre de tous les hommes (I) ait esté estimé du plus
» grand Prince de la terre, ayant esté choisy par luy pour
» l'instruction de ses enfants; et puisque tu as eu patience,
» ie te veux apprendre en vn moment tout ce que i'ai appris
» de certain en xc ans, et ce que peut-estre tu sçais bien,
» qui est que l'amour de Dieu et l'obseruance de ses lóys et
» de son Eglise, ce sont les seuls vrais fondements de la fé-
» licité de ce monde et de l'autre.

    » Il décéda le ix iour de mars M. DC. XLIX.

    » Priez Dieu pour son âme. »

Dilectus tenero nuper formator Achilli,
Sospite adhuc (longum quem flebit Gallia) rege,
Ascendi lacrymans, ferulæque obnoxia vidi
Sceptra repente meæ : sed tempestatibus actus
Invidiæ, sensi latrantia protinus ora,
Gliscentesque dolos et operti vulnera teli.
Namque tribus lustris, spectatum in prole minore
Majori quem rex dederat, regina probarat,
Composito fecere reum, quia liber aperto
Tramitte decurrens, antiquis moribus utor,
Ex animoque colo superos, et displicet omnis
In vultu, in quæstu, pietas quæ retia tendit.

---

(1) « Est-ce un ami qui parle ainsi, et ne croirait-on pas que cette phrase est de Des-Yveteaux? » (J. Pichon, Notice sur Des-Yveteaux, p. 65.) L'opinion de M. Pichon paraît d'autant plus fondée, que les vers latins faisant partie de l'épitaphe sont de Des-Yveteaux, qui les a publiés en 1643, à la suite d'un des factums relatifs à son procès.

Ergò fidentem sola virtute, nec ullo
Fœdere nitentem, dudum defendit alumni
Regis amor, quœque adversam rumoribus aurem
Occlusit regina parens, majorqué senatus,
Augustos veriti manes, vetuere moveri,
Quem pater admorat nato : sed denique victrix
Invidia illœsum malefida sustulit aula,
Sic mihi libertas (tanti est injuria) venit.

Tel fust ce Des-Yueteaux, dont il a esté si souuent et si diuersement parlé. Puisse-t-on estre pour luy moins seuere après sa mort que pendant sa vie! Il est d'ailleurs vn traict que nous auons reserué pour finir et qui laissera le lecteur en vne opinion fauorable.

M. de Bueil, Sr de Racan, a raconté que Des-Yueteaux, alors precepteur de Mgr de Vendosme, parloit souuent à Henry IV de Malherbe et offroit en toutes rencontres à S. M. de le faire venir de Prouence, où il estoit pour lors habitué; mais il n'en reçeut point le commandement. Cette insistance dura bien quatre ans, jusqu'à ce que Malherbe estant venu à Paris, pour ses affaires particulières, en 1605, Des-Yueteaux prist son temps pour en auertir le Roy et, sur l'ordre de S. M., l'alla aussitost querir (1).

Arrestons nous icy et pensons que si Des-Yueteaux n'auoit point d'autre titre à la memoire, ce luy seroit encore vn notable honneur d'auoir sceu admirer et mettre dans tout son iour le grand Malherbe.

(1) Les œuvres de F. de Malherbe avec les observations de M. de Ménage, etc. (Paris, Barbou, 1723, 3 vol. in-12), t. II, p. 59, et t. III, p. 14.

PRÉFACE.

Nous devrions peut-être accompagner le récit qui précède d'un jugement sur les Œuvres de l'auteur dont on vient de lire la vie; mais chacun apprécie les poëtes d'après ses propres sentiments, et quand nous aurons dit que le nôtre a de la grâce, de la précision et quelquefois de l'énergie, un talent didactique assez prononcé et un sentiment vrai de la nature; qu'il vaut Du-Perron, qu'il égale en divers endroits Berthaut et Des-Portes, le lecteur n'en sera pas moins libre de réformer notre sentence, ayant sous les yeux les pièces du procès. Quoiqu'il en soit, puisque nous avons pris soin de rechercher dans les recueils où elles étaient éparses, ces pièces que nous donnons réunies pour la première fois, c'est que nous les avons jugées dignes d'être tirées de la poussière où elles avaient été oubliées par leur insoucieux auteur.

Nous n'avons pas la prétention d'avoir rassemblé tout ce qui est sorti de la plume épicurienne et probablement très-féconde de notre poëte; nous avons seulement recueilli les débris de son naufrage. Il est même possible que, malgré nos recherches et quoique nous ayons compulsé la plupart des recueils du temps, quelques pièces imprimées nous aient échappé. Quant aux vers manuscrits, nous n'avons pu nous en procurer aucuns.

En revanche, nous devons à l'obligeance du savant M. Paulin Paris de pouvoir réunir à ce volume un mémoire de Des-Yveteaux sur l'éducation de Louis XIII, écrit important au point de vue historique et complétement inédit, qui se trouve parmi les manuscrits de la Bibliothèque Impériale (S. F. 495).

Dans tous les cas, nous prions les amis de notre vieille littérature française, qui auraient entre les mains des pièces de Vauquelin Des-Yveteaux non comprises dans cet opuscule, de vouloir bien nous les adresser, pour faire partie ou d'un supplément ou d'une nouvelle édition, si par hasard la résurrection du pauvre Nicolas (à qui Dieu fasse paix) s'étendait jusques-là.

POÉSIES

DV

Sr VAVQVELIN DES-YVETEAVX.

INSTITVTION DV PRINCE.

A MONSEIGNEVR

LE DVC DE VENDOSME (1).

(Décembre 1603.)

—

Cesar, fils de Henry, le miracle du monde,
Il sera bientost temps que ta vertu responde
Aux presages heureux que tu donnes de toy,
Et qu'en les surmontant, tu contentes le Roy.
Le Demon de l'Estat te porte hors d'enfance,
Pour servir au Dauphin, les delices de France.
Ton courage t'appelle et met en mille lieux
L'image de la gloire au deuant de tes yeux :
Suy les pas de ton Pere, et redonne à sa vie
Des tesmoins immortels comme tu l'as suiuie.
Les esprits genereux, malgré les loix du Temps,
Nous font voir leur Automne auecque leur Printemps :
Et le cours du soleil, le tyran des annees,
Ne se doit obseruer pour les ames bien nees.
Ce grand Mars (2) à treize ans aux batailles estoit,
Et son ange en naissant aux perils le portoit.

(1) Despinelle. Parnasse des plus excellents poëtes de ce temps.
1618, Lyon, par Barthélemy Ancelin, imprimeur et libraire
ordinaire du Roy, 2 vol. in-18 (fol. 44, verso).
Cette pièce a été publiée, pour la première fois, en 1604, in-4°,
à Paris.
César duc de Vendosme, fils aîné de Henri IV et de Gabrielle
d'Estrées, naquit, en juin 1594, au château de Coucy, en Picardie.
Il n'avait pas 10 ans quand ce poëme fut composé pour lui.

(2) Henri IV.

Si de ce que tu sçais tu retardes l'usage,
Tout ce que tu promets sera pour ton dommage.
Les lettres et les arts ne sont que d'ornement ;
Il faut sur l'action mettre ton fondement.
Ces lumieres d'esprit, ces esclairs de nature,
Qui contentent la Cour, où tu prends nourriture,
En vn age plus meur peut-estre s'esteindront,
Ou, n'en vsant pas bien, ta fortune perdront.
I'aime mieux les terroirs moins plaisants à la veuë,
Qui rendent tous les ans leur prouince pourveuë
De blé, de vin, de bois et d'autre utilité,
Qu'une terre plus belle, et sans fertilité,
Qui porte les lauriers, les myrthes et les roses,
Mais qui prend des voisins toutes les autres choses.
Aux ministres des Dieux et de leur volonté,
Comme les Princes sont, i'aime mieux la bonté,
Le silence, les faicts, la foy, la patience,
Et la iuste valeur, que toute autre science :
Le Tybre vit les siens adonnés à ces arts,
Qui sont dignes des Roys, et propres aux Cesars.
Ces heros des vieux temps, ces astres de la guerre,
Du bruit de leur valeur n'ont pas remply la terre,
Ny pour estre subtils, ny pour estre rusez :
Les trauaux, les combats, qu'ils se sont proposez,
De l'amour de la gloire ayant l'ame saisie,
Leur ont acquis l'Empire et d'Afrique et d'Asie.
Cesar, fils de Henry, tel comme eux tu seras,
Et, né d'vn plus grand qu'eux, tu les surpasseras,
Si tu veux prendre garde à ces vers, que ie donne
Non seulement à toy, mais à ceste couronne.
Iette les yeux au Ciel; c'est là que ie voudrois
Prendre l'appuy des grands et l'ornement des Roys :

Et non pas de ces vers, ny de tout autre ouurage
Des siecles plus scauans, ou de ceux de nostre age.
Donne ton cœur à Dieu, recerche son secours,
Et sur luy seulement fonde l'heur de tes iours.
Fuy, pour suiure ses loys, les fortunes prosperes ;
Et ne t'esloigne point de la foy de tes peres.

    Au langage, aux habits, i'aime à voir adiouster
Ce qu'vne longue Paix nous peut faire gouster ;
Et voir combien le Temps, Roy des choses mortelles,
Donne et desrobe aux arts de richesses nouuelles :
En la Foy seulement ie hay la nouueauté ;
Plus elle est pleine d'ans, plus elle a de beauté.
Mais il faut, croyant bien, adorer et se taire,
Defendant à nos sens d'esplucher ce mystere.
Tu peux en tous endroicts, et lorsque tu le veux,
Inuoquer l'Eternel, et luy faire des vœux :
Pour ceux qui viuent bien, le monde n'est qu'vn temple.
Mais tu luy dois ta vie, au peuple ton exemple ;
Le Chef peut sur la foy comme il faict sur les mœurs.
L'Orient autrefois suiuit ses Empereurs
Et les peuples du Nort, esteignant leur lumiere,
Changerent sous leurs Roys leur creance premiere.

    Sans faire le deuot que ton cœur soit entier,
Autant que peut porter la loy de ton metier :
Dieu ne s'achete point par de grands sacrifices,
Ny pour luy consacrer de pompeux edifices ;
Il aime beaucoup mieux les esprits innocents,
Que les autels couuerts de chandelle et d'encens.

    Hay les sectes de part, mais aime tous les hommes,
Sans te reduire aux loix des climats où nous sommes ;
Que l'Arabe, le Scythe, et ces fronts bazannez
Qui sous vn autre ciel que le nostre sont nez,

Ne soyent tenus de toy pour des peuples barbares ;
Et chery leurs esprits, s'il s'en trouue de rares.
   Comme le soleil voit toutes les nations,
Sur tout le genre humain iette tes passions.
Ce que le tour vouté de ces boules creusees
Couure de regions, diuersement posees,
Et tout ce que Titan de nous se reculant,
Auec ses flames d'or icy bas va bruslant,
Est la terre du Prince ; et si le sort l'appelle,
Bien qu'il vist chaque iour quelque riue nouuelle,
Non plus que le soleil, il n'est point estranger,
Pourueu que par valleur il s'y puisse loger.
Ainsi le Roy d'Ithaque, allant apprendre à viure,
Se fist sçauant, et n'eut que le monde pour liure.
   Plus d'vn chemin se montre à tes yeux affamez,
Pour rendre auant le temps tes trauaux renommez.
Les dieux de l'Ocean attendent à la porte
Qu'vn chariot marin sur les ondes t'emporte ;
Et, comme de son fils secondant le dessein,
Thetis à tes vaisseaux, abandonne son sein ;
Non pour te faire Roy de ses peuples sauuages,
Mais afin que, passant par delà leurs riuages,
Plutost que par les vents par la gloire agité,
Tu tournes vers la Iaue ou devers le Catay,
Ramenant au retour, sur ta poupe montees,
Des familles des Roys par tes armes domtees,
Et que ta flote gaye auecques ces tresors
Qui sont dignes de toy, reuienne voir nos ports.
   O combien iour et nuict la grandeur de ton Pere
Te montre de trauaux et de chemin à faire !
Ie te voudrois bien voir entre les Othomans,
Arbitre de leurs faicts, ou chef des Allemans,

Renoncer aux lauriers d'une guerre intestine,
Pour en aller cercher dedans la Palestine :
Et, forçant la Syrie à quiter le turban,
Planter tes estendars sur le haut du Liban,
Et que l'Eufrate veist, sous ses palmes dorees,
Les armes des François à iamais arborees.

Moy, ie verrois les moeurs de tant d'hommes diuers,
Et cette grand'Cité qui commande à trois mers ;
Ie verrois leurs maisons, leurs superbes mosquees,
Et de vaines erreurs ces ames offusquees,
Changeant en peu de temps et de maistre et de loy,
Reuiendroient quant et nous adorer nostre Roy.
Au retour, ie voudrois sacrer à la memoire
Des monumens parlans messagers de ta gloire :
Le Temps, pere de tous, deuore ses enfans,
Et triomphe à la fin des actes triomphans,
Si les Anges du monde, amis des grands courages,
N'empeschent par leurs vers la puissance des ages.

Souuien-toy donc, par là, d'estimer les esprits
Qui te peuuent donner ce qui n'a point de pris ;
Croy que les lettres sont les flambeaux de la vie,
Les nourrices des moeurs, par qui l'ame rauie
Dedans le premier ciel aisement peut entrer,
Et là, dans l'auenir hardiment penetrer.
Par elles, dans ton lict, l'Ocean tu trauerses
Et vois de l'uniuers les regions diuerses ;
Par elles, les mortels immortels sont rendus ;
Ce sont les deux remparts des lieux mieux defendus,
Les reines des destins, les meres de l'usage,
Les chaisnes des desirs, et l'ame du langage,
La source des conseils, le repos des labeurs,
Les charmes des ennuis, et l'oubly des douleurs.

Ces vainqueurs qui trouuoient la terre trop petite,
Et qu'on ne peut nommer et taire leur merite,
S'estant appelés grands, par elles sont fameux,
Et tu peux les aimant l'estre aussi bien comme eux.
Ramene donc icy ces beautez dedaignees
Et fay que, par Cesar, les Muses eslongnees,
Qui si soigneusement iusqu'icy t'ont nourri,
Reuiennent à la Cour au siecle de Henry.
Ie ne veux pas pourtant que ton coeur s'en affole;
Instruy-toi pour le monde, et non pas pour l'ecole :
Il faut que ton sçauoir se decouure en viuant,
Et t'aime beaucoup mieux habile que sçauant.
Le nombre des chemins le pelerin retarde;
Qui sçait tant de raisons iamais ne se hazarde.
Sans espouser les arts, ny sans les ignorer,
C'est estre assez sçauant que de les honorer.
 Pren tes secours partout, aux iardins, à la table;
Que mesme le menteur te fasse veritable :
Le vice enseigne plus, quand on peut l'euiter,
Que ne faict la vertu, ne pouuant l'imiter.
 Comme en voyant les mers, dont l'Europe est bornee,
Ayant sans nul regret la France abandonnee,
Et l'assiete et le cours des fleuues et des lieux
Seulement en passant arresteront tes yeux;
Tu verras, d'un regard ietté sur tes passages,
Tout ce qui nous peut plaire et nous rendre plus sages,
Leur ordre, leurs esprits, leurs ouurages plus beaux,
Le lieu des grands combats, leurs arcs et leurs tombeaux.
Mais ny des vieux Romains la demeure sacree,
Ou celle que le ciel dans la mer voit ancree (1),

(1) Venise.

Ny ce que l'Eridan de ses eaux reflechit (1),
Ny tes vieilles citez que la Meuze enrichit,
Ou tout ce que le Rhin de nos terres diuise,
Ny ces champs amoureux de la belle Thamise,
Ne pourront pas longtemps ton esprit retenir,
Et chargé de butin tu voudras reuenir.

 Des sciences ainsi tu dois, comme des villes,
Rapporter au metier (2) les secrets plus utiles,
Et les reduire au but d'un Prince conquerant.
Autrement i'aime mieux que tu sois ignorant ;
Car les princes lettrez sans valleur ie mesprise,
Et ne leur donne rang qu'au Senat de Venise.

 Aime donc les dangers et porte les trauaux.
Montrant d'aimer la guerre, en aimant les cheuaux,
Aux courses, aux tournoys, commence la carriere
Et parois le premier aux combats de barriere :
Et ne croy que, pour estre yssu du sang des Dieux,
Si tu ne vas cerchant les actes glorieux,
Que les coeurs esleuez, ny le peuple t'adore.
Iupiter eut deux fils, dont nous parlons encore,
L'vn, ardent à la gloire, Hercule se nomma,
Et de tant de hauts faits sa valeur renomma
Qu'on doit dire plutost qu'il est filz de ses gestes,
Ayant rang au palais des lumieres celestes.
L'autre, de sa nature aux vices adonné,
Bien que du mesme pere icy bas il fust né,
De ce fleuue fameux sonde les eaux profondes,
Tousiours brulant de soif dans le milieu des ondes.

(1) Rafreschit. (ROSSET.)
(2) Le métier des armes.

N'esteins point ce grand iour, que du ciel tu reçois,
D'estre né de Henry, le soldat des François.

  Garde mesme à ton dan, comme il faut, ta parole,
Non pour ce que la foy dedans le Capitole
Aupres de Iupiter eust son throsne esleué,
Mais pour ce que l'Estat par elle est conserué,
Que la terre et la mer tiennent leur repos d'elle;
Et la garde aux combats mesme à l'homme infidelle.
C'est l'espoir des vaincus, l'ornement des vainqueurs,
Le cinquiesme element, la Deesse des cœurs,
Dont les liens sacrés nous sont si necessaires,
Qu'elle garde ses droicts iusqu'entre les corsaires.

  Tiens, comme fils de Roy, la liberalité,
Soit d'effect ou de nom, pleine d'utilité :
C'est l'esclat des vertus, et le manteau du vice.
Peu d'hommes sont tenus de te faire seruice,
Ce n'est pas comme aux Rois, enfans de Iupiter;
Si tu veux des suiets, il faut les acheter.
A te les acquerir de bonne heure commence;
Mais fay soigneusement des hommes difference.
Il ne faut pas sans chois tes dons abandonner,
Car beaucoup sçauent perdre et peu sçauent donner.

  A tout autre qu'à toi ces flames amoureuses,
Qui bruslent chastement les ames genereuses,
Ne me deplaisent point; alors que deux beaux yeux,
Eleuant dans le ciel leurs desseings glorieux,
Pour voir par la vertu leur foy recompensee,
Leur font abandonner toute basse pensee,
Et, dessous ceste ardeur, ne recerchent si non
Que d'éleuer leur gloire, et d'accroistre le nom
De la beauté qui tient leur liberté captiue.
L'amour ne fut iamais dans une ame craintiue;

Mais puisque les Destins, Rois de l'eternité,
Eux mesme ont faict les nœuds de ta captiuité,
Choisissant la beauté (1) qui passe de naissance
De fortune et d'honneur les deesses de France,
Adore ta prison, et fay voir en croissant
L'effect des vœux sacrez que tu fis en naissant.

Tu verras de bonheur ta ieunesse suiuie,
Fuyant les voluptez sepulchres de la vie ;
Les trauaux glorieux t'en donneront assez,
Les prenant seulement quand ils seront passez.

Si tu dis ton secret, tu donnes ta franchise,
Et ne peux mettre à fin nulle haute entreprise.

N'aime point à parler, mais parle nettement,
Et plus au sens qu'aux mots cerche ton ornement ;
Dy plus communement les choses moins vulgaires,
C'est où l'art est plus beau quand il ne paroit gueres.
Ie hay les vains discours grauement prononcez.
Ces theatres d'vn iour que le peuple a dressez,
Et ces colosses creux, tous remplis de fascines,
Ressemblent à ces gens qui, d'accens et de mines,
Semblent porter la masse et la peau du lion,
Et toute leur valeur n'est qu'en opinion.

Supporte les defaults ; marque les sans en rire,
Et ne pers point de cœurs pour te plaire à medire.

Retien plus ton courroux, plus ton esprit est pront :
Mais il vaut mieux encor le porter sur le front,
Que, l'ayant au dedans, le nourrir pour mal-faire ;
Plus on a de pouuoir, moins il faut de colere.

(1) Le duc de Vendosme était-il déjà fiancé à Françoise de
Lorraine, duchesse de Mercœur, qu'il épousa plus tard et dont il
eut un fils, Louis duc de Mercœur, en 1612 ?

Les astres plus puissants vont plus tardiuement,
Et les fleuues plus grands coulent plus doucement.

    Rens de tes ennemis la fortune abaissee ;
Porte celle des tiens, quand elle est trauersee.
le hay ces Princes moulx qu'on ne peut allumer ;
Il faut sçauoir hayr, pour sçauoir bien aimer.

    La pompe des habits est indigne des Princes ;
Leur despense doit estre aux ports de leurs prouinces,
Aux temples, aux palais, à l'hospitalité ;
Et leurs faits doiuent tendre à l'immortalité.
Encore Babylon ny la grande Carthage
N'ont sçeu, contre les temps, garder leur auantage,
Ny mesme Iupiter defendre ses maisons,
Estant maistre des Dieux, du pouuoir des saisons ;
N'en espere pas mieux ; car la chaux et les sables,
Les marbres et les bois sont choses perissables.
Par les rares esprits cerche l'eternité,
Ou comme a faict Cesar, non par la vanité (1).
Des yeux de l'Vniuers se lira ton histoire ;
Cent ages seulement borneront ta memoire.

    Les rayons du soleil peuuent estre cachez ;
Mais des Princes tousiours paroissent les pechez.

    Au milieu de la Cour i'acheuoy cet ouurage,
Lorsqu'Apollon tout bas acheuoit son voyage,
Et que le tour du ciel, desia par douze fois,
Auoit esté reueu par la Reine des mois.
Quand apres tant de maux et de faits memorables,
Le grand Henry, couuert de lauriers venerables,

---

(1) Comme a fait César en écrivant ses Commentaires.

Nay pour l'heur de son age, à qui la terre doit
Tout ce qu'à tant de Dieux iadis elle rendoit,
Viuoit heureusement à l'ombre de ses palmes,
Ayant rendu nos iours et ses prouinces calmes,
Et dans vn Paradis, au milieu des desers,
Meloit aux ieux de Mars les lettres et les vers.

Sous un sceptre si doux, l'Europe renaissante,
Comme dessous Traian, redeuint florissante ;
Paris, roy des cités, sa pompe reprenoit ;
Aux lieux inhabitez le peuple reuenoit ;
Et chacun en repos, d'esperance certaine,
Attendoit doucement la moisson de sa peine.
Du Senat et des loix la vieille maiesté
Mettoit de iour en iour l'empire en seureté ;
L'ocean estoit libre, et ses portes ouuertes
Receuoient les vaisseaux sans pillage et sans pertes ;
La terre, de longtemps amassant des tresors,
Les offroit aux passans et les iettoit dehors.
On voyoit à nos vœux toutes choses propices.

La Reine cependant, mere de nos delices,
De pudiques pensers son esprit nourrissant,
Faisoit, par ses vertus, qu'on alloit benissant
Le iour que ce grand Mars, tout rayonneux de gloire,
Alla, comme vaincu, sortant de la victoire,
Le diademe bas, offrir sa liberté,
Pour rendre de nos iours le repos arresté ;
Soit que Phœbus, quittant les palais de Neree,
Peignat au bord du Nil sa perruque doree,
Soit, que par ses cheuaux de peine appesantis,
Il se fist reporter dans les bras de Tethis.

Les courtisans guerriers, que le repos trauaille,
Souhaitoient sous ce Prince encore une bataille ;

Mais comme capitaine il auoit tout domté,
Et puis comme Monarque il s'estoit surmonté ;
Si bien qu'on le nommoit, adorant sa vaillance,
Roy des Rois estrangers, et pere de la France.

ELEGIE

SVR LES

ŒVVRES DE MONSIEVR DES-PORTES (1).

—

IE n'aime plus les vers, et toute ma colere
Est de voir tant d'esprits qui se meslent d'en faire,
Nous brouiller du papier que pour liures on vend,
Et ce sont toutesfois des caprices de vent.
Ces causeurs despourueus de forces naturelles,
D'vn plumage emprunté se façonnent des ailes :
Et comme oyseaux blessez ils s'éleuent en haut,
Et puis tout à la fois la force leur defaut.
    Il ne peut qu'vne mere en enfans trop feconde,
N'en mette de boiteux ou de bossus au monde :
Entre tant de rymeurs, que la langue a tous faits,
On ne doit s'ebahir s'il en est d'imparfaits :
Par le trop d'ornements sa gloire est oppressee,
Comme par trop d'espis la moisson est versee.
Les Muses ont perdu toute leur chasteté,
Et comme on voit en tout nostre siecle effronté,
A ceste heure chacun met la main sous leur robe,
Entre dedans leur temple et leurs secrets derobe.

(1) Les premières œuures de Philippes Des-Portes, à Paris,
par Mamert Patisson, imprimeur du Roy, 1600, in-8°, p. 7.

En ces ages naissans pleins de rusticité,
Où les premiers mortels, en leur simplicité,
Veirent d'vn cœur content, ainsi que de fontaines,
Découler le nectar des montagnes hautaines :
Et sans chaud et sans froid vn aimable printems
Ioindre la fleur, la feuille et le fruit en tout tems :
Lorsque sans nul trauail, aux hommes inutile,
La terre aux plus oysifs se monstroit plus fertile.
Ceux qui du mont Parnasse au ciel pouuoient monter,
Du peuple estoient tenus enfans de Iupiter,
Comme es oracles saincts croiant à leurs paroles,
Leurs images estoient des autres les idoles.
On voyoit en leur nom des temples esleuez,
Et pour garder leurs corps on tenoit reseruez
Des tombeaux enrichis de pilliers et d'arcades
Qui soustenoient les lis et les roses muscades,
Tandis que leurs esprits alloient en d'autres lieux,
Où des astres plus nets esclairoyent à leurs yeux.
  Depuis que de ce Dieu la nourrice secrete
L'eut tiré doucement de son antre de Crete,
Et qu'il nous eut donné, par des mois si diuers,
Apres de doux printemps de si fascheux hyuers :
Que l'on n'eut desormais plus de fruit sans semence,
Et qu'il fallut des lois pour garder l'innocence,
Tous ces premiers honneurs que l'on auoit rendus
A cet art tout diuin, furent presque perdus :
Les Rois pourtant encor y mettoient leur estude.
Mais depuis qu'vne langue est hors de seruitude,
Et qu'il est tant de mots que chacun peut parler,
Ce grand nombre de vers qui sont bons à bruler,
Des sçauans et des grands les esprits importune
Et leur fait mespriser ceste gloire commune.

Pour dedaigner l'objet qui nous est le plus cher,
C'est assés quand beaucoup en osent approcher.

 Comme vne fleur secrete, vne odorante rose,
Qui seule seurement sur l'espine repose
Dans un iardin bien clos, ou dans quelque verger,
Qui n'est veu des troupeaux ni conneu du berger.
Le soleil en fait cas, et rayonnant sur elle
Accroist de ses presens sa beauté naturelle :
L'aube sur l'orient deployant ses habits
Sur elle de son sein fait tomber les rubis.
Ceste fleur en passant est de tous desiree,
La fille en veut parer sa perruque doree,
Le rosier la cachant montre de ne faillir
A repousser la main qui la viendra cueillir.
Mais si par les troupeaux sa couleur est fanee
Et par l'œil des bergers sa beauté profanee,
Ses feuilles sans odeur tombent sous l'eglantier,
Et perd en vn instant son ornement entier.

 Ces pudiques beautez à la fin trop faschees
De voir de gens de peu leurs faueurs recerchees,
Leurs saincts ruisseaux troublés, et par impunité
Tout le monde attenter à leur virginité,
Laissent le temple ouuert, et toutes en colere
En retournant s'asseoir aux costez de leur pere,
Abandonnent leur art sans honneur et sans pris,
Profané par la voix de tant de bas espris.

 Ainsi par les saisons tout fleurit et s'efface,
Les choses pour vn temps l'une à l'autre font place,
Et toutes à la fin cedent au changement
Quand il n'est plus de lieu pour leur accroissement :
Lorsque du plus haut ciel les Muses descendues
N'auoient qu'en peu d'espris leurs flames espandues,

De leurs chastes amours les premiers inspirez
Ouurirent des tresors de la France admirez :
Mais rien n'estant iamais parfait de sa naissance,
Ils ne peurent trouuer parmy tant d'ignorance
Ce qu'auecque plus d'art les autres ont cerché,
Voyant par les premiers le chemin defriché.

Quand de si peu de mots la France auoit l'vsage,
C'estoit estre sçauant que d'auoir du langage :
Rien ne se peut former et pollir à la fois,
Et faut beaucoup de mots pour en faire le chois.

Ces esprits emportoyent la gloire toute entiere,
Si tousiours la façon eust suiui la matiere :
Mais souuent à leurs vers defailloit la beauté,
Comme aux corps qui n'ont rien qu'vne lourde santé.
A ces vieux bastimens ils estoient comparables,
Dont le fondement ferme et les portes durables
De l'orage et des vents mesprisent les efforts,
Mais qui sans ornement, et dedans et dehors,
N'ont nul eclat riant où l'œil se puisse plaire.
L'email des chiffres d'or dans les chambres n'esclaire,
Ny des marbres diuers la luisante clairté,
Et n'ont rien qui ne soit pour la necessité ;
Non plus que ces guerriers vestus d'armes pesantes,
Qui les pourraient auoir et bonnes et luisantes :
Mais voulant aux combats seulement s'asseurer,
Ont soin de se couurir et non de se parer.

Les derniers qui vouloyent s'eloigner de ces vices,
Ont assis Apollon au throsne des delices,
Mais de trop de liens contraint sa maiesté.
Luy qui comme un grand Dieu n'a rien de limité,
Qui dessus tous les arts estendant son empire.
De pompe et d'appareil souloit partout reluire :

En cest age dernier, chassé de sa maison,
Se voit dedans l'enclos d'vne estroite prison,
Et reduit sous le ioug de pointes figurees,
Souffre contre son gré ses bornes mesurees
Par des ieunes esprits, dont le foible cerueau
Veut produire à la cour vn langage nouueau,
Qui plaist aux ignorans et nostre langue infecte
De rymes et de mots pris en leur dialecte.
Et, comme ces portraicts de longtemps commencez
D'vn pinceau delicat craintiuement poussez,
Qui ne sont releuez que par la patience,
Monstrent en leur douceur plus d'art que de science,
Leurs vers ont par trauail plus de subtilité
Que de force requise à l'immortalité ;
Semblables aux muguets, plus soigneux du visage
Que des effects d'honneur qui partent du courage ;
Car comme ces beaux fils, remplis de vanité,
Recerchent le parfum premier que la santé ;
Ces ignorans fardez de parolles deiointes,
Premier que leur suiet vont recercher les pointes ;
Si bien que les premiers sont trop pres du berceau,
Les derniers en naissant ont trouué leur tombeau.
Des-Portes tout rempli de lumiere et de gloire,
Qui de l'eternité limite sa memoire,
Ny trop pres de la fin ny du commencement,
Seul quant et la fureur a eu le iugement.
Car, pour estre touiours à luy–mesme semblable,
Il empesche qu'aucun ne luy soit comparable :
Et sans monter trop haut ny trop bas deualler,
Fait qu'estant tout egal, on ne peut l'egaller.
L'Amour n'auroit sans luy ny flame ny cordage.
Et comme cet Amour debrouilla le nuage

3

De la masse confuse où tout le monde estoit,
Lorsque chaque element sans ordre combattoit,
De tant d'esprits confus cest esprit nous degage,
Et la France luy doit la regle du langage.
On deuient tout sçauant quand on sçait l'admirer,
Et cest œuvre si net ne se peut comparer
Qu'à ce chemin de laict que marqua dans la nue
Cette belle Iunon, quand dormant toute nue,
Et sur vn lict d'œillets ses nymphes attendant,
Hercule à ses tetins elle trouua pendant,
Et veist à son resueil vne sente blanchie
Des perles de son laict à iamais enrichie,
Et des lys argentez, que la terre conceut
De la blanche liqueur qu'apres elle receut.

    Esprit, qui des plus grands la louange surpasses,
Dormant dedans le sein des Muses et des Graces,
Tu nous feis vn chemin net et delicieux,
Qui peut en le suiuant nous mettre dans les cieux.
Ces parolles d'amour qu'Amour t'a reuelees,
Plus pures que les lis qui croissent es vallees,
Sont lis pris sur vn mont où personne n'atteint,
Qui ne perdront iamais la couleur de leur teint;
Car aux iardins du ciel ils ont eu leur naissance,
Et plantez en la terre à l'honneur de la France
D'vne immortelle main, la mere des Amours
Les va d'vne eau de Meurthe arrouser tous les iours.

    Escrire encore apres ces parolles diuines,
C'est bien aupres des lis approcher les espines.
Si ce qu'on peut de mieux c'est de les imiter,
Puisqu'il est impossible, il ne faut plus chanter.

    Rare exemple d'amour et des ames fidelles,
Qui mets dans nos esprits des creances nouuelles

De ton sexe tenu plein d'infidelité,
Belle ANNE (1), qui fais honte à la pudicité
D'vne (2) qui la perdant se rendit eternelle,
Et fist quitter aux Rois leur terre paternelle,
Qui portes sur le front vn printemps de beautez,
Ouurant deuant nos yeux des fleurs de tous costez :
Ie ne laisseray pas, belle et chaste maistresse,
Auant que de mourir d'acquitter ma promesse,
Sans espoir du renom des autres attendu ;
Et tandis que ie vay cercher ce qui t'est deu,
Comme vn qui de l'Amour, comme moy tributaire,
Se rencontre en resuant sur vne eau solitaire,
Et parmy tous les lieux d'un desert ecarté,
Songeant tousiours aux yeux, Rois de sa liberté,
Voit dedans le crystal de ceste onde de verre
Les monts, les prez, les bois, comme il faict sur la terre :
Dans ce liure tout plein de nos affections,
Contemple mon tourment et tes perfections.

(1) L'auteur des *Bastons rompus sur le Vieil-de-la-Montagne*, pamphlet en vers contre Des-Yveteaux, que l'on trouvera à la fin de ce volume, accuse notre auteur de s'être approprié une élégie que son père avait composée.

M. Pichon, dans sa savante Notice sur les Vauquelin père et fils (Paris, Techener, 1846, in-8°), se demande si cette pièce ne serait pas, par hasard, celle que Des-Yveteaux adressa à Des-Portes.

S'il en était ainsi, le nom d'ANNE et les vers suivants s'appliqueraient à Anne de Bourgueville, femme de Vauquelin de la Fresnaye et mère de Des-Yveteaux.

Mais notre auteur aurait-il été assez maladroit pour laisser subsister ce nom, indice de son larcin ; et d'autres éditeurs, qui ont imprimé : Belle *Ame* au lieu de : Belle *Anne*, ne l'auraient-ils fait que pour dissimuler la fourberie ? — C'est, je crois, une question qui ne sera jamais résolue.

(2) Lucrèce.

AV ROY.

STANCES (1).

(Vers 1600.)

———

Henry, dieu de nostre esperance,
Tandis que l'empire t'attend,
Que peut faire toute la France
Afin de te rendre content?
De quelles couronnes de gloire,
D'arcs de triomphe et de lauriers,
Peut-elle marquer ta victoire,
Qui parmy ses souspirs derniers
Et sur les cendres reschauffees,
Au lieu d'vn sepulchre si pront,
Luy rebastit tant de trophees,
Et luy met cent palmes au front.

(1) Le second liure des Delices de la Poesie Françoise, ou nou-
ueau recueil des plus beaux vers de ce temps, par J. Baudoin.
T. Dubray, 1620, in-8°, p. 196.
  Cette pièce doit être coupée en stances de douze vers. Elle est
imprimée de cette façon dans *Le Cabinet des Muses* (Rouen,
Du Petit-Val, 1618).
  C'est à tort que Baudoin la divise en quatrains.

Pour moy, dans ce lieu solitaire
Où la fortune m'a reduict,
A la fin ie ne puis me taire;
Ton nom me reueille la nuict,
Et porte en moy-mesme la honte
D'vn qui cache la verité,
Si par les ages ie ne conte
Tes faicts à la posterité,
Et que quand, par des lois escrites,
Tu ne regnerois iustement,
Qu'il eust fallu pour tes merites
Te faire Roy par iugement.

Grand Prince, à toi seul comparable,
Le doux soin des Dieux immortels,
Ceste valeur si memorable
Partout doit auoir des autels:
Et ne luy bastir point de temples
Où ses ouurages soient escrits,
Ce seroit oster les exemples
A tant de glorieux esprits
Qui naistront, remplis de vaillance,
De la Maison d'vn si grand Roy,
Et faire mourir l'esperance
Des vaillans qui viuent sous toy.

Que de ce iour si venerable
On s'aille a iamais souuenant,
Auquel cet Alcide adorable,
Malgré le ciel le retenant,
Vint enfin visiter la terre,
Où tant de peuples souleuez

Ne pouuoient, apres ceste guerre,
Que par luy seul estre sauuez,
Qui, plein d'vne ame iuste et saincte,
En desdaignant de se donner
Lumiere d'vne chose estaincte,
Ne sçait que vaincre et pardonner (1).

Que si ce destin n'a peu faire
Qu'il ne nous l'ait faict acheter,
Et qu'il a semblé necessaire
Que pour seruir son Iupiter,
Ce ciel, plein de feux et d'orage,
Vist de nouueau deuant nos yeux
Foudroyer la force et la rage
De tant de geants furieux;
La France, au milieu de ses larmes,
Benit son mal et sa douleur,
Adorant la cause des armes
D'où vient l'effect de son bonheur.

Et, bien que ses champs et ses villes
Ayent souffert si longuement,
Elle doit aux guerres ciuiles
Sa ioie et son contentement,
Qui firent venir ce Neptune
Quant et ces flots impetueux,
Pour prendre garde à sa fortune
Parmi ces bouillons fluctueux,

(1) On dirait que Voltaire s'est inspiré de ces stances pour le
début et en particulier pour le quatrième vers de la Henriade :

« Calma les factions, sut vaincre et pardonner. »

Qui, malgré la fureur de l'onde,
Nous remet au port seurement,
Enuoyant la Paix par le monde,
Dessus l'vn et l'autre element.

Enfin, apres vn si grand nombre
De chefs et de peuples domptez,
Il faut se reposer à l'ombre
Des lauriers si bien achetez.
Sire, il est temps de prendre garde
Que vostre nom est immortel,
Mais que la mort ne se retarde,
Et que l'arrest du ciel est tel
Pour ceux qui portent des couronnes
Comme pour les bergers des bois :
Viuant donc pour tant de personnes,
Viuez pour vous aucunes fois.

D'vn air offusqué de nuage,
Pour tousiours le maistre des dieux
Ne veut pas couurir son visage,
Et cacher son œil à nos yeux.
Luy mesme d'vn soin charitable
Ayant ordonnez les destins,
Se va mettre au rang à la table
Et recommence ses festins.
La mesme main dont le tonnerre
Dessus les meschants est poussé,
Du beau Troyen reçoit le verre
Lorsque son courroux est passé.

Et puisqu'vne gloire parfaicte
Ne peut aller en augmentant,
Rendez la fortune suiette
Par la paix du tout l'arrestant.
Faictes qu'il ne soit plus loisible
Au cours de la Fatalité,
Qui verra ce regne paisible,
D'y prendre tant d'authorité.
Vostre valeur s'est fait connoistre
Desia par tant de lieux diuers,
Qu'aussi bien on ne peut l'accroistre
Si l'on n'accroissoit l'Vniuers.

DISCOVRS

SVR LA NAISSANCE DE MONSEIGNEVR

LE DAVPHIN (1).

(1601.)

—

Tandis que ce grand Roy, dont la gloire surmonte
Tout ce que des grands Rois nostre siecle raconte,
Faisoit viure les siens en vn age doré,
Des peuples estrangers iustement adoré,
Et d'vn sceptre innocent commandant à la France,
Sur tous les cœurs du monde estendoit sa puissance :
Parmy tant de bonheur nos esprits rauissant,
Vn soin quant et le iour malgré nous renaissant
Rendoit à nos plaisirs nos craintes comparables,
Songeant que nos beaux iours n'estoient gueres durables,
Et que ce grand soleil nostre nuict empeschant,
Auroit dedans le ciel sa fin à son couchant.
  Il nous ressouuenoit par de tristes exemples,
D'auoir veu depuis peu les soldats dans nos temples,
Et nos champs sans valeur, aux moissons destinez,
Les sepulchres sanglans des peuples mutinez :
Estimans bien-heureux ceux qui par cognoissance,
Pour estre sans douleur, estoient sans preuoyance :

(1) Despinelle, t. 1, fⁿ 44.

4

Quand tout en vn moment nous vismes tout changé.
Le ciel aux iustes vœux de la terre obligé,
Nous voulut garentir de toutes sortes d'armes,
Et nos yeux preparez à de nouuelles larmes,
Vers luy furent bientost ioyeusement tournez,
Sous l'espoir des succes qu'il auoit ordonnez.

  Dessous vn ciel heureux se voit vne contreé,
Où Saturne vne fois ayant faict son entree,
Touché de la douceur d'vn si plaisant seiour,
Ne s'eslongna iamais des terres d'alentour :
Deux fleuues richement ses plaines enuironnent,
Des costeaux pleins de fruicts ses campagnes couronnent,
Les fleurs n'y craignent point l'empire des saisons,
Et le soleil y rit de toutes ses maisons.

  En ce lieu l'ornement de la belle Hesperie,
Bien loin de nostre France estoit vne Marie,
Dont le nom immortel icy bas s'entendoit
Partout où la clarté d'Apollon s'espandoit.
Le soin de sa vertu necessaire à nostre age,
Luy faisoit oublier celuy de son visage :
L'Amour comme en son ciel dans ses yeux se tenoit,
Et sa beauté, sans art tous les cœurs retenoit.

  Henry, l'astre des Rois, à qui la Renommee,
D'vne immortelle flame auoit l'ame allumee,
Brulant d'vn autre feu ne pense plus sinon
Qu'aux aimables vertus de ceste autre Iunon.
Elle tout en repos se sent tout agitee,
Et sans voir ses liens void qu'elle est arrestee :
D'vn martyre inconnu son esprit trauersé
Reçoit plus de plaisir plus il se sent blessé :
Mais nul autre en son cœur n'eust iamais trouué place,
Et falloit ce soleil pour fondre ceste glace.

Ainsi ces deux esprits, sans s'estre recerchez,
Furent fatalement par le Ciel attachez :
Leurs corps comme leurs cœurs à la fin se ioignirent,
Et auecque nos maux leurs flames esteignirent.

Combien ce bruit heureux courant par l'Vniuers
Fit reueiller de Rois et de peuples diuers !
La France ce iour-là, comme au iour de sa feste
De branches d'oliuier se couronna la teste,
Foulant ses ennemis sous elle terrassez,
Et les lauriers tenoient les myrthes embrassez.
La flame de nos feux donna iusques aux nues,
Et le bal empeschoit de passer par les rues :
Nous vismes releuer nostre Empire et nos Lois,
Et n'attendant plus rien que le dixiesme mois,
La lune lentement suiuant nostre esperance,
Retarda bien long-temps le bon-heur de la France,
Par les signes du ciel marchant tardiuement
Et ne pouuant pour nous haster son mouuement.

Mais pendant que la Cour demeuroit en ceruelle,
Et que tous les courriers attendoient la nouuelle,
Mercure d'un eclair les nuages fendit,
Et dans le ciel ouuert ceste voix s'entendit :
« Monarques glorieux, que l'Occident adore,
Rois mignons du soleil, vous peuples de l'Aurore,
Vn Roy plus grand que vous sur la terre viendra,
Qui de tous vos debats arbitre se rendra. »

La nuict auoit sur nous desia tendu ses voiles
Et le ciel nous monstroit les dernieres estoiles,
Quand apres de grands maux que Iunon endura
Ce soleil desiré dans le monde eclaira.
En ce moment heureux, d'vn esprit solitaire
Parmy tant de rumeurs i'obseruay ce mystere,

Que lorsque du Dauphin ceste Royne accoucha
Le Dauphin de là haut tout soudain se cacha ;
Et plongeant dans les flots honteusement la teste,
Il esmeut en soufflant une humide tempeste :
Quand l'Hercule celeste aussitost arriuant
Parut pour saluer nostre Hercule viuant.

   Crois donc, Prince attendu, de qui tous ces Oracles
Nous font encore apres attendre des miracles :
Fay nous voir que le Roy si grand et si parfait
N'a rien fait de si grand comme de t'auoir fait.
Crois viste pour toy-mesme, et pour tant de personnes :
Crois pour tant de lauriers, et pour tant de couronnes,
Suce auecque le laict tous les iours en croissant
La crainte de Celuy qui t'a faict si puissant.
Fuyant les voluptez aux Princes si communes,
Tasche que tes vertus egallent tes fortunes :
Et retenant les tiens par tes mœurs seulement,
Par la peine des loix puny-les rarement :
Auecque la valeur fay marcher la clemence,
Sois soudain au pardon et tardif à l'offence :
Et ioignant au sçauoir la liberalité,
Ouure toy le chemin à l'immortalité.

POVR MONSIEVR LE DAVPHIN (1).

STANCES.

(1601.)

—

Messager des Dieux et des Parques,
Qui fondent le sort des Monarques,
l'annonce l'arrest des Destins,
Et l'heur d'vn Prince ie recite
Qui doit obscurcir le merite
Des Traians et des Constantins.

Tel que l'astre aux flammes dorees
Sortant des plaines azurees,
Ce ieune Apollon reluira;
Le Printemps couronné de roses
Ne montre tant de belles choses
Que son enfance en produira.

Ces ans par qui tout se commence
Poussez d'vne forte semence,
Seront pleins d'esprits et d'ardeur;
Ce soleil n'aura point d'aurore,
Car le ciel voudra qu'on l'adore
Premier qu'il montre sa grandeur.

(1) Cette pièce et celles qui ne portent pas d'indication particulière sont extraites du recueil de Baudoin : *Les Delices de la Poesie Françoise* (Paris, Toussainct Dubray, 1618 et 1620, 2 vol. in-8°).

Toutes ses palmes fortunees
Luy viendront deuant lés annees
Et le rendront si triomphant,
Que long-temps la paix et la guerre
Des plus grands princes de la terre
Ne dependront que d'vn enfant.

Quand la ieunesse et les delices,
Des Amours lés douces nourrices,
Ioindront la force à la beauté,
De ses traits les ames blessees
Le feront roy de leurs pensees
Et tyran de leur liberté.

Les beautez les plus rigoureuses
Alors se verront amoureuses,
Et ses yeux, aimables vainqueurs,
Aux regards ne pourront suffire,
Estant seul partout son empire
Le feu des esprits et des cœurs.

De son temps viendra l'opulence :
Empeschant toute violence,
Des peuples il sera l'appui,
La crainte et l'exemple des Princes,
Et sera tel pour ses prouinces
Que les Dieux ont esté pour luy.

Sa gloire sera tousiours viue,
Dessus la pasleur de l'oliue
Il semera des lauriers verts,
Auec ses vertus admirables

Il aura les vents fauorables
Et les pilotes plus experts.

Du monde il estendra les termes,
Ses desseins demeureront fermes
Depuis qu'ils seront entrepris,
Et les sciences negligees,
Aux vertus du pere obligees,
Plus que iamais seront en pris.

Il voudra tout faire entreprendre
Par Cœsar où par Alexandre,
Mais de son bonheur les guidant,
Le fruict de toute leur victoire
Sera de publier sa gloire
Et luy regnera cependant.

Le peuple, parmy son ouurage,
Meslera tousiours son image
Et le nom de sa deité.
Des gardes la pompe ordinaire
Le suyuront plustot pour luy plaire
Que non pas pour sa seureté.

ADRASTE (1).

—

ADRASTE qui se void le plus grand de son age,
De lauriers eternels iustement couronné,
Ayant soumis la terre aux loix de son courage,
Sous celles d'vne femme estoit emprisonné.

Pour luy seul qui croissoit tous les iours en puissance
Les astres plus heureux sembloient faire leur cours ;
Toutes les nations adoroient sa vaillance,
Mais lui les desdaignant adoroit ses amours.

Apres auoir rompu tant de fortes armees
Et des folles citez les tumultes esteint,
Les flammes dans son cœur demeuroient allumees ;
Plus il estoit vaillant, plus il estoit atteint.

L'Eufrate et le Danube auoient peur de ses armes.
Le Tybre et l'Eridan reueroient sa grandeur :
Mais luy-mesme il faisoit des fleuues de ses larmes,
Et la gloire cedoit à l'amoureuse ardeur.

Enfin il a rompu des chaisnes malheureuses :
Le Ciel d'où seulement est venu son repos,
Luy-mesme en arrachant ses fleches amoureuses
Le force en souspirant de dire ces propos :

(1) Adraste est certainement Henri IV.

« Adieu , vaines ardeurs par les astres esteintes ,
Dont tous les maux sont vrais, et les plaisirs tous faux :
Beauté, je vous oublie et mes flammes si sainctes
Sont comme des miroirs où je vois vos defaux.

» Depuis cinq ans entiers au moins ai–je la gloire
De n'auoir point rompu par infidelité :
Et de mes feux premiers conseruant la memoire ,
Ie ne puis oublier vostre legereté. »

Lors Adraste se teut , craignant la souuenance
De tout ce qui seruoit à rallumer son cœur,
Et se laissant aller aux amours de la France ,
Se faict de plus en plus de soy mesme vainqueur.

Soleil, qui peux oster ou donner la lumiere ,
Qui tousiours es de mesme et changes tant de fois,
Où que ton char leger finisse sa carriere,
Adraste est le plus grand de tout ce que tu vois !

SVR LE SIEGE D'OSTENDE (1).

(Juin 1604.)

—

Alors que le Ciel veut que par toute la terre
Les Rois plus belliqueux soient lassez de la guerre,
Ie retire en mon sein tous les ieunes guerriers
Qui ne peuuent ailleurs se couurir de lauriers.

Comme vn temple de Mars que l'Vniuers regarde,
Qui s'accroist par sa perte et que la valeur garde,
Sur la terre d'autruy ie suis encore à moy,
Les Destins ne pouuant me soumettre à leur loy.

l'arreste les desseins des Monarques du monde.
C'est dessus mes trauaux que leur repos se fonde,
Et parmy tant d'efforts tentez par l'estranger,
Ie me voy triomphante au milieu du danger.

---

(1) On lit dans le journal de Pierre de l'Estoile (La Haye, chez les frères Vaillant, 1764, in-8°), t. III, p. 225, à la date de juin 1604 :

« Le 5 de ce mois, le Roy reçut avis d'un long et furieux assault donné à Ostende par l'Espagnol, qui fut aussi virilement repoussé, comme bravement il avait été assailli, si qu'il en demeura une grande quantité de morts des assaillants, desquels on en comptait de tuez jusques à près de deux mille. »

C'est de cet assaut qu'il s'agit dans les stances ci-dessus, où Des-Yveteaux fait parler la ville d'Ostende.

RESOLVTION DE .N'AIMER

CONSTAMMENT

QV'EN RECVEILLANT LE FRVICT DE SA CONSTANCE (1).

STANCES.

—

Beavté qui ne viuez que du trespas d'autruy,
Et faictes que chacun à la mort se dispose,
Ie veux, puisqu'il vous plaist, mourir en mon ennui :
C'est viure, que mourir pour vne belle chose.

Sans attendre secours, ie ferai beaucoup mieux
D'offrir à vos autels ma vie en sacrifice ;
Car il viura tousiours qui mourra pour vos yeux,
Et mourra sans loyer, qui vous fera seruice.

Mais ie voy que ma fin de rien ne seruiroit,
Et que plustost je doi tant de flames esteindre :
Se mocquant de ma mort seulement on diroit,
Que ie voulois monter où l'on ne peut atteindre.

Puis ie suis d'vne humeur que quand on me reduit
A ne rien esperer, je veux bien que l'on pense
Que ie n'aime les fleurs que pour l'amour du fruict,
Et qu'on m'oste l'amour, m'ostant la recompense.

(1) Despinelle, f⁰ 156.

Qui s'engage en vos rais, il s'engage en sa mort,
Et personne sans fruict ne veut perdre sa vie;
Vous deuez ou donner aux amants reconfort,
Ou des seuls immortels tousiours estre seruie.

Aussi bien de vostre œil vous pourrez captiuer
Les Dieux les plus puissans et plus remplis de gloire;
Mais sans aimer trop haut, ie desire trouuer
Mes lauriers asseurez en petite victoire.

SVR LA MORT

DE DEVX IEVNES GARÇONS

AGÉS

L'VN DE DEVX ANS, L'AVTRE DE TROIS (1).

Beavx rayons plus clairs que durables,
Si vos lumieres desirables
Ont eu leur fin en commençant,
C'est le destin des belles choses,
Vn matin est l'age des roses
Et les lys meurent en naissant.

Icy long–temps rien ne peut estre ;
Le beau soleil qui nous fait naistre,
Du quel, en ce siecle meschant,
L'orient vous fut necessaire,
Subiect à la reigle ordinaire,
Comme vous aura son couchant.

---

(1) Despinelle, f⁰ 348.
Il serait curieux de connaître la date de cette charmante pièce, qui aurait encore plus de mérite, si elle avait été composée avant les stances de Malherbe à du Perrier.

Comme rien n'indique quels sont ces deux enfants, et que les deux pièces se trouvent ensemble dans les mêmes recueils, il sera probablement impossible de découvrir à laquelle appartient la primauté.

C'est beaucoup d'heur quand il arriue
Qu'on trouue le port des la riue ;
Car, puisqu'aussi bien le vaisseau
Doit perir, c'est nostre auantage,
S'il aduient qu'il face naufrage
Auant qu'il face encore l'eau.

Beaux feux, en voyant vostre cendre,
Ce que ie puis, c'est de reprendre
La rigueur iniuste du sort,
Qui n'a permis à mon enuie
Que ie fisse pour vostre vie,
Ce que ie fay pour vostre mort.

Comme les pyralides (1) meurent,
Quand un moment elles demeurent
Hors du feu qui les fait durer,
Vos beautez, de qui la nature
Du Ciel auoit sa nourriture,
Hors du Ciel n'ont peu demeurer.

Mais vous deuiez naistres moins belles,
Ou vous deuiez naistre immortelles ;
Car, tant plus qu'vn bien est plaisant,
Et qu'il donne plus d'esperance,
Quand on en perd la jouissance,
Le regret en est plus cuisant.

---

(1) En histoire naturelle, les pyralides sont des phalènes qui
viennent se brûler à la chandelle. Il doit être question ici de quelque
animal fantastique du genre des salamandres, qu'on disait vivre
dans le feu.

Dessus vos tombeaux, amelettes (1),
Naissent tousiours les violettes !
Le cedre s'y puisse nourrir,
Qui, de sa vigueur tousiours fresche,
Comme il ne pourrit point, empesche
A iamais vos corps de pourrir !

(1) Petites âmes, *animulæ*. Ce mot a été employé par Ronsard.

L'ADIEV D'AMYNTHE ET DE CLORICE.

STANCES (1).

—

Sovs les verts arbrisseaux, au long d'vn beau riuage,
Amynthe, que le Ciel abandonne au malheur,
Ramenoit son troupeau du grand iour à l'ombrage,
Pour se mettre à couuert de l'ardente chaleur.

Mais l'ombrage des bois et le frais des fontaines,
Qui deffendent ces lieux et du chaud et du iour,
Ne peuuent alleger ses amoureuses peines,
Il porte en tous endroicts son mal et son amour.

Ce berger qui passoit tous ceux de la contree,
En adresse et valeur, mouroit pour les beaux yeux
D'vne que les Destins auoient aussi montree
En sa ieune beauté pour chef d'œuure des Cieux.

Clorice estoit son nom, qui depuis son enfance
Bergere frequentoit ces ombrages herbeux;
Ce fust où le pasteur prit d'elle connoissance,
Et luy donna son cœur, ses soupirs et ses vœux.

---

(1) Ces stances, écrites dans le même sentiment que la chanson si connue : *Charmante Gabrielle* (qu'on atttibue vulgairement à Henri IV et qui est probablement de Bertaut), pourraient bien avoir été composées pour la même circonstance.

Il est tousiours pres d'elle , et sa ieunesse esprise
De ce nouuel amour n'a plus d'autre plaisir
Que de rendre à ses yeux, seigneurs de sa franchise,
Tout ce qu'il peut auoir de temps et de loisir.

Bref il ne vit qu'en elle , et d'elle en sa pensee
L'image nuict et iour repasse incessamment.
C'est l'vnique remede à son ame blessee,
Lorsqu'il est esloigné de son contentement.

Dans l'escorce des bois , le cher nom de Clorice
Il laisse en mille endroicts subtilement escrit ;
Mais ceste belle main , sans aucun artifice ,
L'auoit bien plus auant graué dans son esprit.

Ce beau nom, que sa voix à l'écho fait redire ,
Est appris des vallons et des bois d'alentour ;
Les antres separez, où seul il se retire,
Se plaisent d'escouter les chants de son amour.

Clorice brusle aussi d'une flamme secrette :
Son ieusne cœur souspire attaint du mesme traict ;
Et sa chaste pensee , où l'amour se retraite,
Garde du beau pasteur l'agreable portrait.

Sa parole , ses yeux , sa façon gratieuse ,
Ont de charmes si forts enchanté ses esprits
Que n'estant plus de rien que de luy curieuse,
Toute autre affection elle tient à mespris.

Comme elle fust soudain l'idole de son ame ,
Il est incontinent son plus aymé soucy.

6

Trop heureuse fortune en ceste douce flame
Et trop heureux amants, s'ils demeuroient ainsy.

La douceur de ce calme en peu d'heures est changee,
Leur pitoyable estat à ce poinct est rangé,
Qu'il faut, malgré l'amour, au deuoir obligee
Prendre auec mille pleurs l'vn de l'autre congé.

On commande au pasteur de faire autre demeure.
Ses yeux ne verront plus les soleils de ses iours,
Et contraint de partir, il faudra bien qu'il meure,
Laissant en mesme lieu son cœur et ses amours.

Il tombe au souuenir de ceste departie.
Comme il voit approcher l'obiect de son ennuy ;
Clorice descendit du mont en la prairie,
Qui sur mesme suiet se pasme quant et luy.

Le soin qu'elle a pourtant des angoisses mortelles
Où dolente elle a veu son fidelle berger,
Luy donne du courage et des forces nouuelles ;
Le salut des amants court vn mesme danger.

Elle ouure au iour ses yeux et sa bouche à la plainte ;
Les roses de son teint elle baigne en ses pleurs
Et luy dict : « Si ton ame est de mon deuil atteinte,
Pour appaiser ma peine appaise tes douleurs.

» S'il est vrai que ie sois ton amour et ta vie
Et que tu sois aussy mon amour et mon bien,
Si ton desir fut oncq'à me rendre seruie,
Pense qu'en ton repos demeure aussy le mien. »

Il reprend ses esprits à la voix qui le touche,
A la voix de Clorice emprainte dans son cœur :
Et retournant les yeux à ceste belle bouche,
Il tire ces regrets de sa foible langueur :

« Seul esprit de mon ame, helas ! ie puis bien dire
Qu'amour ne m'a permis la faueur de te voir
Si non pour me donner d'autant plus de martyre,
Puis qu'il faut m'absenter commandé du deuoir.

» En perdant de tes yeux la fatale lumiere,
ie dois bien dire au iour vn eternel adieu,
L'heure de mon depart sera l'heure derniere
Qui finira ma vie au partir de ce lieu.

» Viure apres vn adieu qu'on peut dire à sa Dame
Et pouuoir sans mourir en estre separé,
C'est n'auoir point senty bien auant en son ame,
Ny les traits, ni les feux, d'vn bel œil adoré. »

Ainsy disoit Amynthe à sa chere maistresse.
Les sanglots et les pleurs empeschent toutesfois
Qu'il ne puisse acheuer estouffé de tristesse ;
Mais son œil languissant sert de langue et de voix.

Clorice, qui ressent vne douleur semblable,
Meurt deux fois de le voir à ceste extremité,
Et les larmes qu'espand son bel œil pitoyable,
Font paroistre en mourant plus belle sa beauté !

Ce ne sont point des pleurs, ce sont perles choisies
Qui coulent de ses yeux sur les lys de son teint,

Et tombant sur les fleurs de ces belles prairies
Embellissent l'honneur de l'esmail qui les peint.

Quel variable sort ! Ces riues bien-heureuses
Souloient se rejouir en leurs contentemens,
Quand le Ciel benissoit leurs flammes amoureuses,
Sans crainte de sentir ces nouueaux changemens ;

Et maintenant ces bois, ces prez et ces riuages,
Où ces tristes amants se retiroient à part,
Pendant que leurs troupeaux paissoient les doux herbages,
Semblent aussy pleurer ce rigoureux depart.

Ce couple infortuné, dont l'amour si fidelle
Tient les deux cœurs liez, ne se peut separer ;
Il est pourtant au point d'vne absence eternelle,
Et ne peut son adieu plus long-temps differer.

En se serrant la main, l'vn l'autre se regarde
Sans pouuoir que des yeux l'vn à l'autre parler ;
La tristesse, la joye, ensemble les en garde,
Rauis de s'entreuoir, transis de s'en aller.

Pour derniere faueur, la belle ainsy penchee
Permet que le pasteur baise ses yeux aymez,
Et que sa belle bouche, à la sienne attachee,
Reçoiue auec son cœur ses souspirs enflammez.

La nuict suruient trop tost, qui forcez les separe,
Mais le corps seulement ; car le Ciel ne peut pas,
Pour toutes les rigueurs que contre eux il prepare,
Ces deux cœurs separer qu'en l'oubly du trespas.

POVR VN ADIEV.

STANCES.

—

Qvand Alidor se vid resolu de cercher
  Dessous vn nouueau ciel vne gloire nouuelle,
Et que l'heure approcha qu'il falloit detacher
Les chaisnes qui tenoient vn esprit si fidelle,
Il sentit à l'instant qu'il n'est point de trespas,
Que d'auoir veu Floreste et de ne la veoir pas.

  La gloire et la ieunesse, aux desseins esleuez,
Malgré les feux d'amour enflammoient son courage,
Et par de beaux desirs aux Princes reseruez,
Toutes deux iour et nuict auançoient son voyage :
Mais il conneut, voulant abandonner ces lieux,
Que l'ame des amants se loge dans les yeux.

  Il ne peust cependant esteindre ceste ardeur
D'aller cercher l'honneur en tous les coins du monde,
Et, bien qu'il soit né grand, il hait toute grandeur,
Si parmi les hazards la vertu ne la fonde,
Ne pouuant rien trouuer qui soit si hazardeux
Que quand l'esloignement diuise vn cœur en deux.

  Les faits du grand Henry des mortels adoré,
Sont les pourtraicts sacrez de son ame agitee.

Ce Mars est le soleil dont il est esclairé,
Qui mesme a par valeur sa fortune acheptee :
Mais comme il veut partir, Floreste, d'vn regard ,
Le fist ainsy parler arrestant son despart :

« Prince, de qui le nom fut iadis si vanté
Pour tant de maux soufferts et sur mer et sur terre ,
Fut-ce faute d'amour ou faute de beauté
Que vous peustes laisser les amours pour la guerre ?
Apprenez-moy comment on deioint deux esprits
D'vne flamme pudique egalement espris.

» Anthoine , ie t'excuse , adorant le sentier
Par où ceste beauté de tes pas fut suiuie,
Quand tu voulus plustost quitter vn monde entier
Que de quitter ses yeux les astres de ta vie.
Car il n'est point de mal qui se peut comparer
Au mal de deux amants que l'on veut separer. »

Mais parmy ces pensers il retourne tousiours
Sur les pas glorieux de ces ames hautaines,
Qui par leurs longs trauaux et non par leurs amours
Ont acquis en tous lieux le nom de capitaines.
Enfin pour s'en aller à Floreste il parla,
Et souuent à ces mots des larmes il mesla :

« Floreste, voy les feux d'vn veritable amour,
Qui ne me permet pas de mourir, ni de viure :
Ie ne vis qu'en l'espoir de me voir de retour
Et ie meurs de regret que ie ne te puis suiure :
Mais ou viuant, où mort , plus rien ie ne ressens,
Estant prest à laisser l'obiect de tous mes sens.

» Adieu, chastes regards, source des beaux desirs,
Adieu, bouche de feu de mille fleurs semee,
Adieu, doux entretiens, adieu, tant de plaisirs,
Dont mon ame en l'aymant si long-temps fut charmee,
On peut bien à mes yeux ces delices oster,
Mais toutes dans l'esprit ie les veux emporter. »

Ainsy part cet amant qui, proche de la mort,
Ne deuoit point aller la cercher dans les armes :
Qui de ceste douleur eust voulu voir l'effort,
Il eust fallu la veoir escrite de ses larmes.
Vn cœur sent plus de mal plus il est genereux :
Et la Gloire et l'Amour font les grands mal-heureux.

STANCES (1).

CHASTE beauté qui sous vos lois,
Pouuant ranger les plus grands Roys,
De moi seul estes adoree,
Que sert à mon cœur embrazé,
Que mon merite soit prizé
Et que ma foy soit ignoree.

Ie n'ayme que trop constamment
Et, si l'air est le fondement
D'vne amour si saincte et si haute,
C'est que du Ciel j'en fus atteint :
Mais si ceste flamme s'esteint,
Ce ne sera que vostre faute.

Autrefois, dedans les hazárds,
Egalant la gloire de Mars,
I'ay merité ce qu'on me donne.
Auiourd'huy vaincu par vos yeux,
Mes lauriers les plus glorieux
Sont ceux dont ma foy me couronne.

Je sçay bien qu'il faut endurer
Et qu'il ne faut rien esperer,

(1) Ces stances ont été sans doute faites pour quelque grand
seigneur de la cour de Henri IV, ou pour le Roi lui-même.

A tout cela ie me prepare :
Iamais beaucoup ne cousta peu,
Et ne puis, mourant de ce feu,
Mourir pour rien qui soit si rare.

APPREHENSION D'VNE ABSENCE.

STANCES.

—

CE qui m'outrage plus, c'est qu'il faut que ie pense,
Qu'vn iour ie dois souffrir la rigueur d'vne absence
Et qu'à la fin tous deux il faut nous separer :
A l'heure je mourrai ; car ie suis trop sensible
Pour souffrir sans preuoir ceste perte indicible,
Et i'ayme mieux mourir que de m'y preparer.

Au desir d'vn chacun mon desir est contraire.
En la guerre est mon bien, en la paix ma misere,
Et du malheur commun vient ma felicité :
Quand nos Princes contens auront quitté les armes,
Ie verray tout en ris, et seray tout en larmes,
Comme on dit que le Nil se desborde en esté.

De moy ie iure bien, beauté trop inhumaine,
Qu'on menera mon cœur, quelque part qu'on te meine,
C'est pourquoy si quelqu'vn te dit, pour me blasmer,
Que ie ne t'ayme plus et qu'vn autre œil m'esclaire,
Respons-luy seulement : Cela se peut-il faire ?
Quand on n'a plus son cœur, peut-on encore aymer ?

PLAINTES

SVR L'APPREHENSION D'VNE ABSENCE.

STANCES.

CE n'estoit pas assez qu'vne beauté mortelle
Tint mon cœur attaché d'vne chaisne eternelle,
Et qu'on me vist reduit à ne rien esperer :
Il falloit essayer si i'estois inuincible ;
Car à ma passion rien n'estoit impossible,
Sinon de l'aymer moins, ou de m'en separer.

Et voilà que le Ciel, pour tenter ce courage,
Qui de tant d'accidens a soustenu l'orage,
Ialoux de ma prison me desrobe à vos yeux ;
Mais ie courray partout sans de vous me distraire,
Comme fait le soleil, en sa course ordinaire,
Qui tourne tout le monde et ne part point des cieux.

En quelques lieux diuers que la guerre me iette,
On ne verra qu'à vous ma liberté suiette ;
Mais ce cœur desdaigneux qui me donne la loy
Et qui me voit captif dans ma prison derniere,
Vous verra, malgré luy, vous-mesme prisonniere ;
Car ie veux en allant vous porter quant et moy.

Rien ne peut empescher que, vous ayant laissee,
Vous ne soyez tousiours reyne de ma pensee;
Mes yeux perdront tous seuls la clarté de leur iour,
Car les feux de l'esprit ne se peuuent esteindre;
L'absence est le miroir des choses qu'il veut feindre
Et peut nuire aux amants, mais non pas à l'amour.

Abandonnez ces lieux et partez la premiere;
Ma foy sans vos beaux yeux me fournit de lumiere;
Mais comme ores Apollon moderant sa chaleur
Faict les iours et les nuicts d'vne egale distance,
Faictes qu'à la rigueur la faueur se balance,
Et croyant mes ennuis moderez ma douleur.

STANCES.

—

Amovr, cruel flatteur, que me penses-tu faire?
Ie m'estois retiré dans vn lieu solitaire,
Sans plus craindre le mal ny desirer le bien :
Resolu de n'aimer iamais rien que moy-mesme,
Au contraire, ie sens qu'au prix de ce que i'ayme,
Depuis que ie suis né ie n'aimay iamais rien.

De moy-mesme et des miens i'ay perdu la memoire;
De ma seule prison mon ame faict sa gloire,
Estant à ceste fois tellement asseruy
Que i'ay pour mon amour les amours delaissees,
Et comme enseuely dans mes tristes pensees,
Mes souspirs seulement tesmoignent que ie vy.

Quand ie me ressouuiens de ma premiere vie,
Aux plus infortunez ie doy porter enuie,
Ne te retrouuant plus, heureuse liberté.
Que me sert d'y songer puisque ie t'ay perdue?
Ie ne merite point que tu me sois rendue,
N'ayant fait cas de toy que quand tu m'as quitté.

Mais pendant qu'abusé des vanitez mortelles
l'attache mon plaisir aux plaisirs infidelles,
Et tandis qu'en resuant ie ne fais que penser
Comme ie me rendray ces beaux yeux fauorables,
Ie me ferme la porte aux desseins honorables,
Voyant mon age entier aux amours se passer.

Amour, laysse-moi donc, ta puissance est finie,
Ie suis depuis dix ans dessous ta tyrannie
Asserui follement à des suiets diuers.
I'en suis le ieu du peuple et ne le veux plus estre,
Resolu desormais de n'adorer qu'vn maistre,
Adoré de la France et de tout l'Vniuers.

STANCES (1).

—

Pvisqve loing de ses yeux mon ame est asseruie,
  Et que i'ayme les miens pour la voir seulement,
Ne luy voulant cacher nul moment de ma vie,
Il faut que malgré moy ie conte mon tourment.

  I'ay quelquefois aymé, mais maintenant i'adore ;
Ie suis hors de la terre et porté dans les cieux,
Et n'osant descouurir le feu qui me deuore,
Mon cœur et mon esprit font ce qu'on fait mes yeux.

  Le iour que tout bruslant de tant de chastes flammes
Dedans ce paradis sans ame i'arriuay,
Ayant perdu des yeux le Paradis des ames,
Pour tousiours y penser, de tous ie me priuay.

  Les lieux plus retirez sont plus doux à ma veuë,
Les plus grands de ma Cour ne m'osent approcher ;
D'entretiens amoureux i'ay l'ame si pourueuë,
Qu'il suffit de paroistre à qui me veust fascher.

  On dit qu'en s'esloignant on chasse son martyre
Et que celuy qui fuit est le victorieux ;
Mais la perdant, ie vois que plus fort ie souspire,
Et la voyant, mon mal se fait moins ennuyeux.

  (1) Ces stances semblent avoir été faites pour être envoyés par
Henri IV à l'une de ses maîtresses.
  La même remarque s'applique aux trois pièces suivantes.

Dans tous les elemens son pourtraict ie rencontre ;
Aux vallons plus obscurs, ennemis du soleil ,
Dans l'espesseur des bois où le iour ne se monstre ,
A toute heure ie voy les rayons de son œil.

De tant d'obiects diuers la memoire est bannie,
Et seulement d'vn seul ie ressens les effects ;
Ie blaspheme sans fin contre la tyrannie
Du deuoir et des loys ; et c'est moy qui les fais.

Quand la nuit, embrassant la terre de ses aisles,
Sema de nouueaux feux dans le ciel esclaircy,
Ie senty dans mon cœur mille flammes nouuelles ,
Et le repos commun augmenta mon soucy.

Puis quand l'aube du iour, de roses couronnee ,
Eut de lys et d'œillets embelly le matin,
l'allay passer au bois la seconde iournee ,
Grauant sur les rochers les loys de mon destin.

Et si ie m'en souviens, i'escriuys ce langage :
« Plustost dans l'Océan on cueillera des fleurs,
Plustost ces bois seront en esté sans feuillage .
Que ie laysse d'aymer celle pour qui ie meurs. »

A la fin, de mes yeux, par l'effort de mes peines,
Au pied d'vn alysier le sommeil se coula ,
Où i'eu des visions que ie ne tien point vaines,
Prenant comme d'en haut tout ce qui vient de là.

L'echelle de Iacob, à mes vœux fauorable,
Pour monter dans le Ciel m'apparut en ces lieux ;

Les autres se verront sur l'ecorce durable
Des arbres bien-aymez des hommes et des Dieux.

La foy dont ie la sers choisit des secretaires
Aveugles, sourds, muets, qui sont sans changement,
Le cœur est le papier propre à ces caracteres,
Qu'on ne peut effacer par nul esloignement.

Pleust au Ciel cependant qu'vne heureuse auanture,
En ces bois escartez la peust mener vn iour,
Et que, iettant les yeux dessus ceste ecriture,
Elle sceut que iamais ie n'auray d'autre amour.

Ceux qui par des raisons me penseroient contraindre
De me bander les yeux et quitter mon plaisir,
Ils serreroient mes nœuds s'ils se pouuoient estreindre;
Car il n'est point de loix pour vn si beau desir.

SVR VN DEPART.

STANCES.

—

BEAVX yeux, vous me laissez et me laissez à l'heure
Que ie suys tout de flamme et que ie meurs pour vous.
Yolle, vous partez, mais l'amour me demeure,
Et perds en vous perdant ce que i'ai de plus doux.

Bien que de mille nœuds mon ame soit pressee,
Ie voy qu'vn lien seul se treuue le plus fort,
Et pour aller guerir l'ame la moins blessee,
Me priuant de vos yeux vous me donnez la mort.

Non ! ie ne puis souffrir des passions si fortes,
Et malgré les deuoirs tyrans de la grandeur,
Ie vous veux tousiours voir; car des parolles mortes
Ne peuuent tesmoigner vne si viue ardeur.

Que sert à mes desirs que ma flamme s'espande
Partout où le soleil icy–bas se fait voir;
Ie ne me tiens point grand si ie ne vous commande,
Bornant dedans vos loix celles de mon pouuoir.

S'il faut que par respect ie dissimule encore,
Pour attendre l'effect qui retarde mes vœux;
Pourueu que vous croyiez comme ie vous adore,
Tousiours l'affection surmontera les feux.

Tu te trompes, Amour, faisant que ie ressente
Des tourments incognus pour affaiblir mon cœur ;
Car plus il est bruslant, plus mon ame est contente ;
Plus il est abattu, plus il doit au vainqueur.

Quand, apres tant d'ennuis, tant de graces diuines
Se reuerront icy, ie cueilliray ce iour
Vne moisson de fleurs d'vne forest d'espines,
Et beniray l'absence à cause du retour.

STANCES.

—

Plus ie voy la beauté de mon cœur adoree,
  Plus ie tiens aux douleurs mon ame preparee :
Ses yeux qui blessent tout ne veulent rien guerir.
Mais moy-mesme aux faueurs ie me ferme la porte ;
Mon desir est viuant, mon esperance est morte,
Et mon but est d'aimer, non pas de conquerir.

Ces pudiques mespris, ces responces hautaines,
Qui bornent des desirs les fureurs incertaines,
Au lieu de m'esloigner m'ont du tout arresté.
Car ce port glorieux, aux mortels adorable,
Leur faict voir qu'il n'est rien qui lui soit comparable,
Et que ce n'est qu'aux Roys à seruir sa beauté.

Chaste flamme des cœurs, digne de mon martyre,
Qui me fais mespriser tout ce que l'on admire,
Ie souffre heureusement et m'en tiens glorieux :
La lumiere et les fleurs, qu'on voit dedans les plaines,
Sont les presents du Ciel ; les rigueurs et les peines
Sont, pour les mieux aymez, les faueurs de tes yeux.

Mais si l'Amour commande et que le Ciel arreste
Que les grandes beautez facent vne conqueste,
Quel autre deuant moy t'oseroit adorer ?
Bien que ie fusse né sans sceptre et sans couronne,
Ie ne pourrois quitter ceste place à personne ;
Et l'ayant, ie voudrois aux Dieux me comparer.

l'ay fait luire partout les rayons de ma gloire ;
l'ay des Roys plus prisez effacé la mesmoire ;
Mais voulant aux perils mon merite cercher,
l'estime encore plus cette nouuelle audace
De penser par mes feux eschauffer cette glace,
Et vouloir par mes pleurs amollir ce rocher.

Beauté, qui peux ranger les cœurs plus temeraires,
Mes fers me sont si doux et mes flammes si cheres
Que mon cœur bien-heureux s'allume à tes froideurs ;
Et si dedans ma Cour, parmi tant de contraintes,
Tu ne tournes tes yeux qu'auecque mille craintes,
l'en reçoy les regards auecque mille ardeurs.

STANCES.

—

CLAIR miroir des beautez, ame des belles ames,
Glace dont les froideurs espandent tant de flammes,
Qui blessez tout, d'vn traict par vos yeux decoché,
Ie sçay qu'en vous aymant i'ay faict beaucoup d'offence,
Mais i'en ay faict aussy beaucoup de penitence,
Et ma punition efface mon peché.

I'ay dedans vos beaux yeux ma fortune arrestee.
Ce sont les alcyons de ma mer irritee,
Et dans leurs saincts rayons me voulant consumer,
L'vn me donne la mort et l'autre m'en retire ;
Semblables en effect aux fontaines d'Epire,
Dont l'eau peut tout ensemble esteindre et rallumer.

Puisque l'arrest du Ciel m'a fait naistre Monarque ;
Pour laisser icy-bas une honorable marque
D'auoir faict choix d'vne ame à qui rien ne defaut,
Ie ne puis pas ailleurs adresser mes seruices,
Et vos autels tout seuls auront mes sacrifices :
Encore penserai-je auoir volé trop haut.

I'ay creu pour quelque temps, benissant ma defaite,
Que celle que i'aimois estoit toute parfaicte
Et qu'en plus beaux liens on n'eust peu s'engager ;
Mais n'ayant pas de vous encore cognoissance,
Pardonnez-moy, beaux yeux, si i'eu ceste creance :
Ce fut faute de voir et non pas de iuger.

VERS POVR LE ROY (1).

—

A PRES tant de souspirs, de chaisnes et de larmes,
Et que tant de beautez m'ont tenu sous leur loy,
L'Amour tout de nouueau contre moy prend les armes
Et semble que ce dieu ne peut vaincre qu'vn Roy.

Comme on void ces vaisseaux, tout proches de la terre,
Qu'vn orage soudain reiette en haute mer,
Presque dedans le port ce pirate m'enferre ;
Mon feu n'est pas esteint qu'il le veut r'allumer.

Ny parmy les combats mes couronnes gagnees,
Ny ce nom glorieux par le sang acheté
N'ont rendu de mon cœur les flammes eslongnees ;
Car ayant tout conquis, ie perds ma liberté.

Lorsque de nouueaux faits m'acquierent plus de gloire,
Il fait voir à mes yeux quelque nouuel obiect ;
Mon triomphe tousiours augmente sa victoire.
Il faut estre moins grand pour estre moins subiect.

Mais ny luy, ny ces yeux pleins de flammes si sainctes,
Ny tant d'autres appas n'ont causé ma prison ;
l'ay receu par des mains ces dernieres attaintes,
Que ie baise cent fois pour en auoir raison.

(1) Ces vers ont été composés au nom de Henri IV.

Ce langage blessant, et qui prend tout le monde
Ne se peut en tous lieux à toute heure escouter;
Mais tousiours ceste main errante et vagabonde
Se fait voir à nos yeux et se fait redouter.

La neige aux plus hauts monts fraichement amassee
Ne peut à la blancheur de ces mains s'esgaller;
Comme il n'est point d'ardeur, presente ni passee,
Comparable à la flamme où ie me veux brusler (1).

En iurant dans ces mains, qui seroit le volage
Qui voudroit par le change ailleurs se diuertir?
Et pressé par ces doigts, quel seroit le courage
Qui n'aimast mieux mourir plustost que d'en partir?

---

(1) Ce vers a été l'objet de la critique de Malherbe.
Tallemant des Réaux (Paris, Techener, 1854, t. I, p. 275),
raconte que Malherbe lisant un jour devant Des-Yveteaux les
stances qui commencent par ce vers :

« Enfin cette beauté *m'a la place* rendue... »

(éd. Barbou, p. 28), celui-ci disoit que c'étoit une chose désagréable
à l'oreille que ces trois syllabes : *ma, la, pla,* toutes de suite dans
un vers.

— Et vous, lui répondit-il, vous avez bien mis : *pa, ra, bla,
la', fla.*

— Moi? reprit Des-Yveteaux, vous ne sauriez me le montrer.

— N'avez-vous pas mis, répliqua Malherbe :

« *Comparable à la* flamme. »

Ce n'est pas sans peine que je suis parvenu à retrouver ce vers.
Au reste, ces consonnances se rencontrent dans les meilleurs
poëtes. Despréaux n'a-t-il pas dit : *tra, ça, ta, pa, ta,* dans ces
vers de son Epître III :

« Le blé, pour se donner, sans peine ouvrant la terre,
» N'attendoit point qu'un bœuf, pressé par l'aiguillon,
» *Traçat à pas tardifs* un pénible sillon. »

Ces lumieres du ciel, ces yeux rois de ma vie,
Des refus plus cruels aymables messagers,
Rendent des plus constans la franchise asseruie ;
Mais ceste main retient les esprits plus legers.

La terre tous les ans reprenant sa ieunesse,
Lorsque pour plaire au Ciel elle veut se parer,
Ne produit point de lys et n'a point de richesse
Qui se peut à ces mains iustement comparer.

Belle main, où les Dieux ma fortune ont escrite,
Des astres ie n'attends ny mon mal ny mon bien ;
Par tes seules faueurs i'estime mon merite,
Et la gloire des Roys ne me sert plus de rien.

LE VOYAGE D'ANDRONICE (1),

ROY DE L'ARABIE HEVREVSE.

AV ROY.

(1615.)

———

A VPRES de ces hauts monts où la belle Pyrene,
Aymant vn cœur ingrat, endura tant de peine,
Pour luy perdant sa vie et sa virginité ;
Naquit vn Roy Gaulois, plein de diuinité,
De qui la seule gloire errante et vagabonde
S'espand par elle-mesme aux quatre coins du monde.
Son enfance guerriere aux trauaux se passa ;
Nourry du laict de Mars, tous les Roys il passa.
Sans nulle force encor, il força les murailles,
Et son premier obiect ce furent les batailles.
Princes, ne dites point que ce Roy fust heureux,
Car il doit sa fortune à ses faicts valeureux.
Comme vne ieune fleur à l'orage exposee,
Il vid à sa valeur toute chose opposee,

(1) Andronice (vainqueur des hommes), c'est Louis XIII.
Ce roi gaulois, Agontée, dont il est le fils, est Henri IV, et cette
Parthénie, dont il est question ici et dans les deux pièces suivantes,
est Anne d'Autriche.

La date de cette pièce et des deux suivantes doit donc être fixée
à 1615, et elles auront été faites pour quelque mascarade, lors
des fêtes données à l'occasion du mariage de Louis XIII et de cette
princesse.

Les citez de la terre et tous les Empereurs
Le choisirent pour but aux traicts de leurs fureurs.
Mais ils ont tous payé le tribut à sa gloire,
Seruant de monumens sacrez à sa memoire.
  Apres auoir remis les peuples sous ses loix,
Ceint des lauriers de Mars ses tempes tant de fois,
Auoir de iour en iour, par labeurs veritables,
En effect accomply ce que chantent les fables,
Faict et dompté des murs et, par ses bastimens
Dignes de son nom seul, braué les elemens,
De triomphes humains lassé la Renommee,
Flechy par sa vertu la Fortune animee,
Estouffé les proiets des plus audacieux,
Mais de tous ses succez rendu l'honneur aux Dieux,
Et deuenu luy-mesme à la fin adorable,
Arrestant le pouuoir du Temps inexorable;
Vne paix asseuree à son siecle il donna
Et ses autels sacrez d'oliue il couronna.
Voulant doncques ioüyr de sa gloire illustree,
Errant parmy le monde il vit vne contree
Que deux egalles mers vont tout enuironnant
Et de leurs flots reglez ses isles couronnant.
Son assiette esleuee et pleine de merueille
Regarde l'Ocean à l'arene vermeille;
Là le ciel amoureux et tousiours odorant
Va de tous ses thresors la terre bien-heurant,
Et dans ce paradis, le palais des delices,
L'Amour a mille appas et n'a nulles malices;
Des Zephires tous seuls cet air est agité,
Et quiconque se plainct c'est de la volupté.
Les eaux et les forests sont toutes parfumees,
Et de baulme et d'encens les terres sont semees.

L'or brillant de rayons fait reluire les champs
Et leurs alerions feroient honte à nos chants ;
En l'an le plus ingrat quatre moissons dorees
A ces peuples heureux sont tousiours asseurees.
C'est là que cet oyseau venerable aux mortels,
Sous le char du soleil se dresse des autels.

   Dans ces lieux fortunez regnoit vne Deesse,
De nul amant encor ny femme, ny maistresse.
L'Orient precieux, au matin recueillant
Les tributs que luy doit l'Aurore en s'esueillant,
Dans le mois de Venus void moins de belles choses,
Que son teinct ne monstroit et d'œillets et de roses ;
La neige du Liban cedoit à sa blancheur,
Et les lys de Iunon auoient moins de fraischeur.

   En vain les plus grands Roys de merite et de race
Auoient desia tenté d'eschauffer ceste glace ;
Les feux de la vertu, qui brusloient ses esprits,
Esteignoient aysement les ardeurs de Cypris.
Mais tout en vn moment sa constance domtee
Se perdit en voyant le vaillant Agontee (1).
Les faicts de ce Gaulois, en tous lieux admirez,
Auoient à cet amour ses desirs preparez.
Luy de mesme la tient reine de sa pensee ;
Il meurt de mille ennuis si tost qu'il l'a laissee.
De l'esprit et des pas partout il la suiuoit ;
Ses yeux lui sont plus chers que ceux dont il la voit,
Mais, apres maints souspirs, ceste ame glorieuse,
De toute chose enfin tousiours victorieuse,
Par ses rares vertus la Deesse vainquit
Et d'eux bien tost apres Andronice naquit.

    (1) Henri IV.

A l'instant, pres de là, dans les bois solitaires,
Que l'on tient de tout temps reseruez aux mysteres,
Sur le haut d'vn rocher l'Oracle s'entendit
Et les faicts d'Andronice en ces mots il predit :
« Aux Princes estrangers il sera redoutable ;
Aux Infidelles mesme il sera veritable ;
Sçauant, il voudra ioindre à la gloire des arts
Les lauriers d'Apollon auecques ceux de Mars.
Courtois, il conquerra les ames plus barbares,
Et sera mis au rang des heros les plus rares.
Mais de tous ces succez vain est le fondement
S'il n'est de Parthenie aymé premierement. »
    Ainsi parla l'Oracle, et depuis vn vieux mage,
A qui les prestres saincts au temple font hommage,
Promist de luy monstrer ceste chaste beauté,
Agreable subiect de sa felicité ;
Ce qui faict qu'au mespris des fortunes humaines,
Brauant tous les dangers et desdaignant les peines,
Apres de longs desirs il arriue en ces lieux,
Menant auecque luy ces vnze demy-Dieux.

CHARIOT D'ANDRONICE.

—

TYRANNE des cœurs genereux,
  Douce ardeur des ames plus belles,
Gloire, qui fais aux plus heureux
Cercher des fortunes nouuelles,
Par toi, dedaignant tout danger,
Nous voyons un ciel estranger.

  Les Hazards qui ferment le pas
Aux plus temeraires courages,
Tant de mers qui ne veulent pas
Que l'on attente à leurs riuages,
N'ont pas sceu defendre ces lieux
A ce Roy fauory des Dieux.

  L'age le presse d'imiter
Des siens la valeur si prisee,
Il ne sçauroit plus supporter
Les noms d'Alcide et de Thesee,
Et veut tant de fois triompher,
Qu'enfin il les puisse estouffer.

  Le siecle le plus fortuné
N'a rien veu d'egal à la gloire
De ce grand Roy dont il est né,
Qui seul lui causa la victoire
De ces vnze Roys glorieux,
Partout ailleurs victorieux.

Mais il n'iroit pas conquerant
Ny recerchant son aduenture,
Quitter ce climat odorant,
Le paradis de la nature,
Si ce dessein n'auoit esté
Resolu des l'eternité.

Puisse-tu, bel astre naissant,
Faire, par ta lumiere viue,
Pallir la clarté du croissant,
Et rendant cette gent captiue,
Deuot, venerable et vainqueur,
Planter la vertu dans ton cœur !

STANCES.

—

CES amours insensees
Dont les ames blessees
N'aymoient que pour vn iour,
Maintenant sont esteintes,
Et des flammes plus sainctes
Bruslent ceux de la Cour ;
On n'ayme plus rien que de beau,
Mais on l'ayme iusqu'au tombeau.

Dessous la tyrannie
Des feux de Parthenie
Sont les feux de Cypris;
Les Amours n'ont plus d'aisles,
Des chaisnes eternelles
Attachent les esprits;
Car vn seul de ses doux regards
Blesse d'vn million de dards.

Ceste beauté naissante,
Couuerte d'amaranthe,
N'est point subiecte au Temps ;
Ses vertus qu'on admire,
Franches de son empire,
Ont tousiours leur printemps.
Qui peut vivre en la conquerant,
Il doit mourir en l'adorant.

Quand Flore est couronnee
Des thresors de l'annee,
Elle a moins de beautez
Et Ceres de richesse
Que n'a ceste Deesse
D'amours de tous costez.
Le doux feu qui sort de ses yeux
Faict les tourmens delicieux.

Cet esprit tout pudique,
Plein d'vne flamme vnique,
Ayme par iugement :
Les vœux et le seruice
Du fameux Andronice
Luy plaisent seulement.
La voyant, tout ennuy se pert ;
Tout plaisir croist quand on la sert.

MESLANGES (1).

A M. L'ABBÉ DE THIRON.

SATYRE.

Des-Portes, sans le iour le plus doux de ma vie,
Que ie passe en espoir d'accomplir mon enuie
Et de reuoir encor ce que i'honore tant,
De tout autre desir sans peine m'exemptant,
Ie m'ennuyrois enfin et mon ame affligee
D'estre si loin du monde icy-bas obligee,
Du ciel et du terroir prendroit la qualité,
Et ne pensant à rien qu'à mon utilité,
Tu verrois le premier, contre ton esperance,
Qu'il ne faut au mauuais mettre son asseurance.
     Ie suis pourtant encore à toy iusques icy,
Et, fuyant le trauail, ie suis tousiours ainsy,
L'hyuer aupres du feu, l'esté dessous l'ombrage,
Voyant finir les iours sans gain et sans dommage,

---

(1) Cette pièce est tirée du *Cabinet des Vers satyriques de ce temps* (à la sphère, 1666), t. II, p. 90. Elle n'est pas signée ; mais un long fragment, commençant au dix-septième vers, est cité, comme faisant partie d'un poëme de Des-Yveteaux, à la suite d'un mémoire intitulé : *Replique de la Ve du Sr de Leziniere*, etc., inséré dans la collection des factums relatifs au procès de Des-Yveteaux. (Bibl. Imp., in-4°, F. 2955.) Ce fragment m'a fait découvrir la pièce entière.

Et sur vn mauuais liure, en riant et beuuant,
I'attends au samedy le dimanche ensuyuant.
I'ay secoué le ioug des maistresses cruelles,
Ie ne puis plus durer caché dans les ruelles,
Ny dans les cabinets où l'on est à transir,
Sans oser remuer, ny cracher, ny toussir.
I'estoy bon compaignon, mais ie cesse de l'estre
Et quitte la partie aux sauteurs de fenestre,
Non pas que tous mes vœux soient encore au tombeau
Et que ie n'ayme à voir quelque chose de beau.
Ie n'ay pas renoncé si tost à la peinture;
Quand la fleche le vaut, j'en reçoy la pointure,
Et de ceste heure encor, des cheueux, vn collet,
Vne robe, vn patin me font faire vn poulet.
Mais l'amour d'vn bel œil n'a plus cet aduantage
Qu'il fist, comme il eust faict, vendre mon heritage,
Que j'en quitte mon lict pour ailleurs m'engager,
Et qu'auecque trauail ie cerche le danger.
I'adore les beautez, i'en ayme le commerce;
A cela de bon cœur seulement ie m'exerce :
Tout ce que i'y requiers, c'est la facilité,
Et ma plus grande amour, c'est la commodité.
Ie ne puis plus entrer, si ce n'est par la porte,
Et ce que ie cerchois, il faut qu'on me l'apporte,
Sans qu'auecque des pas craintifs et mesurez,
I'aille à des rendez-vous qui sont mal assurez.
Ie veux que tout soit prest lorsque ie le demande,
Et si ie n'ayme pas aller quand on me mande.
Plus ie vais en auant, plus ie suis degousté,
Et quant et mon plaisir, ie cherche ma santé.
Si l'esprit trop leger d'vne femme infidelle,
Presché par son mary, me retient en ceruelle,

Si le bruit d'vne porte ou d'vn chien aboyant,
Si le retour soudain d'vn homme defiant,
Si quelque bon valet aux autres en deuise,
l'apprehende tousiours de m'encourre en chemise;
Et moy qui ne sçay point faire le moulinet,
le quitteroy le ieu nuds pieds et sans bonnet,
Et laisseroy ma dame à deguiser l'histoire,
Au hazard de plaider quelque iour pour son douaire.
Il est temps à la fin d'auoir du iugement,
Et vaut mieux auoir moins et l'auoir seurement.
C'est vn vsage vieil, pris au sein de nature,
D'aller où nous pouuons cercher notre aduanture,
Il nous tienct de bien loing et n'est pas d'auiourd'huy
Qu'on foule sans respect le matelas d'autruy.
Les bons siecles dorez, heureux et salutaires,
Long-temps deuant nos iours ont veu des adulteres.
Mais la coustume a faict que l'on n'y pense pas,
Et celuy que tu veois marcher à si grands pas
Se mariera demain; d'autres, sçachant la feste
S'en vont chez Precontat (1) pour se lauer la teste,
Et ne lairront iamais passer vn iour entier
Sans songer à luy faire vn petit heritier,
Qui peut-estre sera, comme c'est l'ordinaire,
Le plus ioly de tous et le mignon du pere,
Et sorty de bon lieu, se verra sans raison
Vn jour l'auancement de toute sa maison.
Encores vaut-il mieux hazarder sa franchise,
Viure selon ses loix, qu'ayant la barbe grise,

(1) Fameux barbier de l'époque. Saint-Amant en parle dans le *Barberot,* Caprice, voy. la dernière partie de ses Œuvres. Paris, T. Quinet, 1659, in-4°.

Estre à la fin contraint d'espouser sa putain,
Pour laisser à son bien vn heritier certain.
Toute terre a ses loix, chacun a sa deuise,
On ne peut trop payer la bonne marchandise;
Mais quand on ne peut plus defaire le marché,
Il s'en faut preualoir ou le tenir caché.
Tant de grands embarquez dans ce mesme nauire,
Font que quand on est mal on ne s'en faict que rire.
Si les martyrs sont saincts pour auoir enduré,
Vn homme qui pour rien n'a iamais murmuré,
Merite bien d'auoir sa feste solemnelle,
Et luy faut tous les iours une grosse chandelle.
Toy, qui croys faire mieux que les autres ne font,
Et qui portes Saturne imprimé sur le front,
Qui, pendant les iours gras, faits ta femme champestre,
Luy faits lire la Bible et l'en penses repaistre,
De dancer à son tour tu ne l'empescheras :
D'vne petite rogne vn chancre tu feras.
Rien ne te seruira de viure solitaire,
Tous les iours en ton feu punissant l'adultere;
Ne croy pas l'estonner pour faire le Caton,
Car tout chien affamé mesprise le baston.

Ce qu'est l'onde aux poissons, le soleil aux farfantes,
Les bleds aux laboureurs, le Lendit aux pedantes,
Le beau temps aux nochers, le vin aux Allemans,
A toutes les beautez ainsi sont les amans.

Celle qui va si droict et si doux par la ville,
Qu'on diroit, la voyant, que c'est vne sybille,
Ne faict toute la nuict que descendre et monter,
Et cet homme au grand nez ne la sçauroit dompter.
L'autre, fors que chez soy, nulle part ne s'ennuye :
Les choux plantez en aoust ont grand besoin de pluie.

Cette balance neuue ayme qui que ce soit,
Et panche du costé d'où plus elle reçoit,
Et suiuant ce deuoir de la loy naturelle,
A, deuant tout amour, soin de la parentelle.
Et comme au siecle d'or, tant de fois regretté,
Sont trois en vne chair en paix et charité.
Ce fantosme viuant, cette antique medaille,
Craint auiourd'huy si fort que le pain ne lui faille,
Qu'elle offre à tout le monde et ne refuse rien,
Donne sa fille mesme et croit qu'elle fait bien.
Toute femme d'esprit finement s'accommode,
Mais chacun veut gratter son vlcere à sa mode.

Toy, qui ne peux encor t'accommoder aux dons,
Tu quittes le fenouil pour prendre les chardons,
Et ne vas point cercher, quand ta flamme est esprise,
Ny Venus, ny Iunon, si tu trouues Denise.
Belle, tu te la feins par les yeux du penser,
Et telle que tu veux, tu la crois embrasser.

L'autre, qui n'a plus rien de tout son patrimoine,
Contraire à ton humeur, s'est allé faire moine,
Et desireux de voir quelque monde nouueau,
Va presenter à Dieu les restes du bordeau.

Mais, afin d'acheuer de vous conter ma vie,
Je suis nay libre en tout, elle est toute asseruie;
Et tandis que j'escris, voilà trente mestiers
De tailleurs, de tanneurs, de pauures sauetiers,
Qui me font quitter l'œuure où mon humeur m'appelle
Et ne sont en proces que pour vne allumelle;
Mais ils ne laissent pas d'assieger ma maison,
Et faut que malgré moy ie leur fasse raison,
Autrement ils criroient que ma charge est publique,
Et puis incontinent ie perdrois ma pratique.

Au lieu d'estre aux festins et faire des ballets,
Il se faut preparer pour aller au palais,
Et moy qui me contrains et hais comme la peste
Les proces et les sacs, le Code et le Digeste,
Ie murmure souuent pour iuger vn defaut;
Mais, comme vn violon que l'on assied bien haut,
Il faut que ie demeure et qu'à tous ie regarde.
L'vn demande vne volte et l'autre vne gaillarde,
L'vn vient à la cadence et l'autre à contretemps,
Et faut qu'ils dancent tous pour estre bien contens.
Ce mestier plein de bruit ne m'a iamais seu plaire,
Car i'aime beaucoup moins l'eau trouble que l'eau claire.
Qui se vend au public et perd sa liberté,
Deust estre quand et quand mis hors de pauureté.

Au moins, on se fait riche, et bientost on s'auance,
Sans grec et sans latin, à suiure la finance;
On se iette aux bureaux sans beaucoup trauailler,
Comme fait vn renard dedans vn poulailler.
Celui qu'on auoit veu, bien peu deuant la guerre,
Mourir presque de faim et labourer la terre,
Achette, fait bastir, mesconnoit ses amis,
Et n'estoit cependant qu'vn malheureux commis,
Qui suiuoit sans souliers le train et le bagage,
Et qui, sans la fourriere, eust perdu le courage.
Aux banquets auiourd'huy de tous il est connu,
Et souuent il a peur d'estre trop paruenu;
Il ne sçaurait trouuer de table assez friande,
Et ne peut plus manger deux fois d'vne viande;
Mercure ne le peut de parfum contenter,
Et tout ce qu'on luy monstre, il le veut acheter.
Auecque tout cela, son orgueil importune,
Car il dit trop souuent qu'il a fait sa fortune;

Il veut que pour la gaine on craigne le cousteau,
Et toute sa vertu consiste en son manteau.

On dit que leur science est quasi reuelee,
Et qu'ils ne peuuent plus faire la griuelee.
Ie voudrois bien sçauoir quels liures ils lisoient,
Quand tous, en vn moment, riches ils se faisoient,
Et d'vn fard ignorant couurant tant de rapines,
Estonnoient le commun de barbes et de mines.

Bien-heureux sont ceux-là qui, des leurs premiers ans,
Sçavent que la grandeur et les habits luisants,
La suite, les maisons, les titres ny les tables,
Ne nous peuuent donner les plaisirs veritables!
Pour moi, ie ne suis pas dessus l'ambition,
Ie crains trop le trauail; toute ma passion,
Ce seroit de pouuoir obliger ma prouince,
Et, sans faire la cour, estre aymé de mon Prince.
Bien plus que les sçauans i'ayme les beaux-esprits;
Ie deteste les iours où ie n'ay rien appris;
A toutes les grandeurs ie prefere mon aise,
Et ne sçaurois aller en lieu qui ne me plaise.
Tous ne me sont pas bons; ie vy trop librement,
Et, sans fard, ie suis bon aux effects seulement.
De tout le reste apres ie ne me fais que rire.

L'vn acquiert, l'autre vend, l'vn rit, l'autre souspire;
Qui n'a gueres de bois en ce temps se morfond,
Et qui ne sçait nager bientost se trouue au fond.
I'ay l'esprit en repos, sans haine et sans enuie;
Ie fay ce que ie puis pour conseruer la vie;
Mais s'il en faut partir, m'accordant au Destin,
I'en partiroy content comme on fait d'vn festin.

COVPLET D'VNE CHANSON

FAICTE POVR IEANNE DV-PVY,

EN L'HYVER DE 1644 (1).

—

IE ne m'excuse point de ce que ie l'adore
    En ma vieille saison;
Les anges font de mesme, et ie suis ieune encore
    A leur comparaison.

(1) Il m'a été impossible de retrouver les couplets qui accompa-
gnaient celui-ci. Il est cité à la suite d'un des factums relatifs au
procès de Des-Yveteaux.

RESPONSE

A VN COVRTISAN DISGRACIÉ (1).

—

C'EST bien faict de ne s'estonner
Pour oüyr Iupiter tonner;
Mais estre cause de l'orage
Qu'il verse sur nous iustement,
Et puis l'accuser laschement,
Est-ce l'effect d'vn homme sage?

A tort le regret que tu sens
Te faict des astres innocens
Blasmer la seuere influence;
Ce n'est l'iniustice du Sort
Qui faict contre toy son effort :
Tu n'eus pas assez de prudence.

---

(1) Ces vers sont insérés avec cette indication : « Par le sieur Yueteaux, » dans le *Cabinet satyrique* (1666, à la sphère), t. I, p. 344. Ils sont précédés d'une pièce intitulée : *Vers d'un Courtisan disgracié, par le Sr de Yueteaux*; mais l'auteur, au commencement de la quatrième strophe, s'adresse à Des-Yveteaux lui-même :

« Des-Yueteaux, ie parle ainsy
» A mon cœur remply de soucy
» Pour le resoudre en ma disgrace. »

Il est donc évident que la Réponse seule est de Des-Yveteaux. Les vers du Courtisan disgracié se trouvent d'ailleurs dans *le Temple d'Apollon* (Rouen, 1611), avec cette indication : « Par le sieur de Beaumont. »

Sensible aux traicts de la douleur,
Tu nous depeins en ton malheur
Des Destins les rigueurs extremes;
Mais, sans iniurier le Ciel,
Tu ne deurais verser ton fiel
Que pour te plaindre de toy-mesme.

Nos maux sont œuure de nos mains,
Et non des Destins inhumains;
Mais tousiours nos legeres testes,
Pour ne sçauoir nous mesnager,
Nous precipitent au danger
Quand moins nous craignons les tempestes.

Confesse donc la verité :
Tu ne dois qu'à ta vanité
La disgrace de ton absence.
Nos esprits se perdent souuent
Pour vouloir embrasser le vent,
Qui n'a point de solide essence.

Nos proiects non iudicieux
Ont des effects pernicieux,
Les bastissans en nos coleres;
Pour les fleurs que nous nous peignons,
Des espines nous estreignons
Qui layssent des poinctes ameres.

Cerchant en la cause l'effect,
Tu trouueras qu'à ton mesfaict
Ta passion donna la vie.
Où estoient donc ces beaux discours
Aux quels ta gloire donne cours?
Que faisoit ta philosophie?

C'est là, c'est là que tu deuois
Desployer ce que tu sçauois
Pour te garantir de l'orage,
Mais suiuant les feux de Cypris,
Tu vins abuser nos esprits
Pour te ieter en ce naufrage.

Pour n'auoir d'vn fol attentat
Conspiré contre cet estat,
Tu fais esclater ta iustice;
Mais la gloire des premiers faicts
Se flestrit par d'autres effects
Où l'on connoît de la malice.

Les Princes ont diuers obiects
Pour s'offenser de leurs suiects :
Il ne faut qu'vne ialousie
Pour leur colere deslier;
Nous les voyons tout oublier
Quand ils en ont l'ame saisie.

Si nostre honneur est vn soleil,
Le leur est tendre comme l'œil;
L'image d'vn dessein les blesse,
Et s'opposer à leur ardeur,
C'est les picquer sur la grandeur :
Les sages fuyent ceste presse.

Ie ne veux pourtant t'affliger;
Plustot voudrois-ie soulager
Le desplaisir qui te tourmente;
Mais, quoy que l'on fasse pour toy,
Il n'y a que l'astre du Roy
Qui puisse appaiser la tourmente.

Ce Prince, ayant deuant les yeux
Tous les seruices glorieux
Qui recommandent ton Achille,
Cet orage recalmera,
Et sa clemence te luira,
Qui rendra ton ame tranquille.

Il excusera ton erreur,
Disant qu'vne ieune fureur
Te fist monstrer tant de courage,
Mais pour n'estre sans chastiment,
Il t'auertira doucement
Qu'vne autre fois tu sois plus sage.

SONNET I (1).

AV ROY.

—

HENRY, de qui le nom ne se peut plus accroistre,
Que tous les plus grands Roys nommeront desormais
Le foudre de la guerre et le dieu de la paix,
Et leurs couronnes bas le viendront reconnoistre.

Pendant qu'aupres de vous si tost ie ne puis estre,
Par mille vœux sacrez tous les iours ie promets,
Quoy qu'il puisse arriuer, de vous suiure à iamais ;
Me tenant assez grand d'auoir vn si grand maistre.

C'est vous dont l'on ne peut escrire dignement,
C'est vous dont l'on ne peut se taire iustement,
Et de qui la valeur, aux œuures qu'elle a faictes,

N'a que ce seul defaut qu'en vous rendant parfaict
Elle ne peut trouuer de louanges parfaictes ;
Et faut en l'adorant celer ce qu'elle a faict.

---

(1) Ce sonnet est extrait, ainsi que les deux suivants, du
Parnasse des plus excellents poëtes de ce temps, par Despinelle,
t. II, Paris, Guillemot, 1607, in-12.

SONNET II.

POVR MADAME LA PRINCESSE DE CONTY.

—

IE la tenois tousiours pour l'astre de la Cour,
Bien plus digne des Dieux que les Roys ne sont d'elle ;
Mais ie ne croyois point, ny qu'elle fust si belle,
Ny qu'en voyant ses yeux on reçeut tant d'amour.

A toute heure, en mon cœur, i'adoreray le iour
Où ie veis ces soleils en leur flamme nouuelle,
Et gardant de leurs feux la memoire eternelle,
Mon Paradis sera dans cet heureux seiour.

Ie ne veis qu'vn moment l'esclat de ce visage ;
Mais cela fust assez sans en veoir d'auantage ;
Car, sans se demasquer elle m'a faict sçauoir,

Estant comme elle estoit de beautez si pourueue,
Que l'on connoist les Dieux aysement sans les voir :
Et, pour la voir si peu, ie ne l'ay que trop veue.

SONNET III.

—

Tandis que loing de toy la Fortune m'engage
Et que ie donne aux grands vn esprit qui t'est deu,
Ie pleure bien souuent le temps que i'ay perdu,
Sans te prouuer combien ie prisois mon seruage,

Lorsque tant de respects, agitant mon courage
Sur le poinct d'vn plaisir si cherement vendu,
Semoient parmy le bien que i'avois attendu
Mille fascheux ennuis empeschant mon langage.

A ceste heure ie parle eslongné de tes yeux,
Comme nos deux esprits parleront dans les Cieux;
Et si le feu sacré dont ton ame est esprise

Te peut montrer celuy dont ie suis consumé,
Ie n'ay pas de regret à perdre ma franchise;
Car iamais prisonnier ne fust si bien aymé.

SONNET IV (1).

—

N'APPROCHEZ point de moy, gardez vous pour les Dieux,
Voûs qui cognoissez tout, si non vostre puissance;
Ne mettez que les Roys sous vostre obeyssance;
Car de moindres subiects feroient honte à vos yeux.

Mais si vous approchez, mon esprit glorieux,
Qui de tant de merite aura la cognoissance,
Aussitost agité d'vne saincte inconstance,
Abandonnant la terre adorera les Cieux.

Douce chaisne des cœurs, l'ame de l'amour mesme,
A qui tant de vertus seruent de diadesme,
La crainte et le desir des esprits de la Cour,

Pardonneriez-vous pas à mon ame asseruie,
Puisque qui veoit vos yeux, les roys de nostre vie,
Ne peut qu'il ne souspire ou d'enuie ou d'amour?

---

(1) Ce sonnet pourrait être fait pour Mᵐᵉ d'Hautefort, à qui il
disait un jour : « Après avoir maltraité des Roys, aimez un petit
bonhommet comme moi. »

SONNET V.

—

Entre tous les obiects de mon ame adorez,
Clorice eut de mon cœur la part plus asseuree,
Et tant de maux soufferts pour l'auoir adoree
N'ont rien peu sur des vœux si sainctement iurez.

Le charme qui rendoit mes feux immoderez
N'estoit point la beauté des autres desiree ;
Des appas plus certains et de plus de duree
Auoient des faux obiects mes pensers retirez.

Ce courage sans art, ces sçauantes simplesses,
Le feu de cet esprit, ces chastes hardiesses,
Empeschoient que mon feu ne se peust amortir ;

Et ceste passion est encore si forte,
Que, puisque la vertu nous en ouurit la porte,
La mort peut seulement nous en faire sortir.

SONNET VI.

—

Est-il rien plus fascheux aux amans veritables
Que de les estimer pleins d'infidelité?
L'absence, la rigueur et l'inegalité,
Par le temps et l'amour, se rendent supportables.

Mais que les innocens soient tenus pour coulpables,
Et qu'vn cœur tout espris d'vne seule beauté
Soit blasmé d'inconstance et si loing reietté,
Ce sont maux que pour moy ie tien incomparables.

Maistresse, dont l'esprit est adoré du mien,
Vous estes mon seul mal et mon vnique bien ;
Mais n'ayant qu'en vos yeux le cœur et la pensee,

Faictes que cet amour ne soit point mesprisé,
Et que si la bonté n'est point recompensee,
Au moins que l'innocent ne soit point accusé.

SONNET VII.

—

LOING de ce bel esprit que i'ai tant recerché,
Ie consacre à luy seul les pensers fauorables,
Qui ne peuuent m'oster ces liens miserables
De la Cour d'vn grand Prince, où ie suis attaché.

Iamais d'ennuys si grands vn cœur ne fust touché.
Ie cognoy des beautez à mes yeux adorables,
Et recognoy des loix que l'on tient honorables,
Par qui l'heur d'en ioüyr m'est tousiours empesché.

Quand pourrons-nous, mon cœur, pleins de libres pensees,
Nous vanger à loisir des contrainctes passees,
Et de toute la Cour le regret bannissant,

Faire gouster sans fin à nos ames esprises,
Par de chastes desirs tant de leçons apprises,
D'entretiens vertueux nos esprits nourrissant.

SONNET VIII.

—

LES sanglots embrasez qu'à tout moment il tire ,
loignant à ses propos tousiours quelque serment,
Font que mille beautez pensent certainement
Qu'il n'est rien icy-bas egal à son martyre.

Par feintes passions pour toutes il souspire ;
Telle croit que ses yeux luy donnent du tourment,
Qui, le tenant bien pris, ne le tient nullement
Et dont le plus souuent il ne fait que se rire.

Il couure son amour de tant de fictions
Que le peuple a pensé que ses affections
Estoient en vn endroit estant en autre place.

Aux plus grands de la Cour il ne descouure rien ;
Iamais son amitié ne se lit en sa face,
Et ses mots sont mourans quand il se porte bien.

SONNET IX.

—

A VECQVES mon amour naist l'amour de changer.
Ie'n ayme vne au matin; l'autre au soir me possede.
Premier qu'auoir le mal, ie cerche le remede,
N'attendant estre pris pour me des-engager.

Sous vn espoir trop long ie ne puis m'affliger;
Quand vne fait la braue, vne autre luy succede;
Et n'ayme plus long-temps la belle que la laide :
Car dessous telles loix ie ne veux me ranger.

Si i'ay moins de faueur, i'ay moins de frenesie;
Chassant la passion hors de ma fantaisie,
A deux, en mesme iour, ie m'offre et dis adieu.

Mettant en diuers lieux l'heur de mes esperances,
Ie fay peu d'amitiez et bien des cognoissances;
Et me treuuant partout ie ne suis en nul lieu.

SONNET X.

—

Esprit, des le berceau dans le ciel emporté,
  Qui desdaignes l'esclat des choses moins durables,
Et tousiours t'arrestant aux desseins honorables,
Ne t'es iamais soumis à nulle vanité ;

  Suiect à la raison, tu vis en liberté ;
Tant de vaines grandeurs, aux autres admirables ;
Tant de plaisirs pipeurs, tant d'honneurs miserables,
N'ont iamais peu toucher tes ans ni ta beauté.

  Le plaisir de nos iours, qui sans cesse varie,
Est semblable aux couleurs d'vne plaine fleurie,
Qu'on void apres six mois en neiges se tourner ;

  Mais nos sainctes amours sont hors de la nature,
Le Ciel et la Vertu seront leur sepulture ;
Car iamais les saisons ne les pourront borner.

SONNET XI (1).

—

CLORICE, qui desia m'a tant de fois iuré
D'euiter les trauaux qui sont indignes d'elle,
Et d'auoir plus de soin, non de se faire belle,
Mais de rendre à la fin son repos asseuré,

Ainsy qu'auparavant, d'vn soin demesuré,
A la poudre, au soleil, ses peines renouuelle,
Et consommant son age, à soy-mesme infidelle,
Se rend digne du mal tant de fois enduré.

Pren congé des travaux, donne fin à tes peines.
De moissons tous les ans se couronnent les plaines;
Mais l'age bien-heureux, pere des beaux desirs,

Partant sans reuenir, de bonne heure nous laisse.
Au moins, pour dire adieu, garde vn peu de ieunesse
. Auecques ta beauté conseruant tes plaisirs.

(1) Si ce sonnet ne se trouve pas dans les éditions des *Délices de la Poésie* antérieures à 1620, il pourrait bien être adressé à la dame Du-Puy, dont Des-Yveteaux devint amoureux en 1618.

SONNET XII (1).

—

Av bord d'vn clair ruisseau, sous le frais d'vn ombrage
Qui gardoit son esmail des bruslantes chaleurs,
Clorice, aupres d'Amour, assise entre les fleurs,
Faisoit de ses cheueux, pour son arc, vn cordage.

Comme Amour, attentif, regardoit son ouurage,
Amynthe qui suruient leur conte ses douleurs,
Esperant que sa plainte, abondante de pleurs,
Pourroit à l'vn et l'autre esmouuoir le courage.

Amour qui s'en sourit, baigne, au courant de l'eau
Qui tombe de ses yeux, le bout de son bandeau,
Puis en mouille les lys de Clorice cruelle,

Qui prend plaisir qu'Amour lui en laue le teint,
Et sans que de pitié son cœur peust estre attaint;
Il sembla seulement qu'elle en deuint plus belle.

(1) Ce sonnet non signé se trouve dans *le Temple d'Apollon*, ou
nouveau recueil, etc. (à Rouen, chez Du Petit-Val, 1611), p. 394,
à la suite des stances : l'Adieu d'Aminthe et de Clorice, qui ne sont
pas signées non plus.
  La place de ce sonnet, les noms des personnages, qui sont les
mêmes que ceux de la pièce précédente, le style, tout indique que
l'on doit l'attribuer à Des-Yveteaux.

SONNET XIII (1).

———

A voir peu de parens, moins de train que de rente,
Et cercher en tout temps l'honneste volupté,
Contenter ses desirs, maintenir sa santé,
Et l'ame de procez et de vices exempte;

A rien d'ambitieux ne mettre son attente,
Voir ceux de sa maison en quelque authorité,
Mais sans besoin d'appuy garder sa liberté,
De peur de s'engager à rien qui mescontente;

(1) Recueil de Sercy (1655), p. 63.

Ce sonnet, composé peut-être dans un moment d'humeur, a dû causer bien des ennuis à Des-Yveteaux, en ce qu'il justifiait toutes les histoires vraies ou fausses débitées sur son compte. Son frère, Vauquelin de la Fresnaye, dans un factum publié à l'occasion du procès Lezinière, lui dit que ce sonnet a été répandu en Normandie par *ses ennemis*, et il ne manque pas de le rapporter méchamment, comme pièce justificative, à la suite du mémoire. (Bibl. Imp. F. 2955.)

Vigneul de Marville et la *Biographie universelle* de Michaud le lui reprochent amèrement.

Un poëte, dont nous n'avons pu découvrir le nom, y a fait une réponse fort vive et fort bien tournée qui se trouve au recueil de Sercy (1re partie, p. 63) et que nous avons insérée dans l'appendice.

Les iardins, les tableaux, la musique, les vers,
Vne table fort libre et de peu de couuerts,
Auoir bien plus d'amour pour soy que pour sa dame,

Estre estimé du Prince, et le veoir rarement,
Beaucoup d'honneur sans peine et peu d'enfans sans femme
Font attendre à Paris la mort fort doucement.

SONNET XIV (1).

—

DE toutes passions i'esteins la violence;
Ie me passe aysement des caresses du Roy;
L'amour de mon pays ne peut plus rien sur moy :
Ie hay ce que chacun estime en apparence.

De tout, sans me fascher, on peut faire defense,
Et sans me resiouir establir toute loy,
Car i'ay perdu le goust, et bientost ie me voy
Aussi las des effects comme de l'esperance.

Mais comme ie suy mort au reste des plaisirs,
Ie me sens si sensible au feu de mes desirs,
Que cent fois hors de moy mon ame se promeine,

Et desdaignant la terre et n'aspirant qu'aux Cieux,
La grandeur de la Cour et sa pompe plus vaine,
Sans toucher mon esprit passe devant mes yeux.

(1) Quoique ce sonnet ait été composé bien avant le précédent,
puisqu'il se trouve dans le t. II de Despinelle (1607), nous avons
cru devoir le placer ici à défaut d'un sonnet chrétien, qui est perdu
et par lequel, au dire de Daniel Huet, Des-Yveteaux avait réparé
le scandale de celui qui lui a été si souvent reproché.

L'INSTITVTION DV PRINCE (1).

(1643.)

IL semble qu'il seroit aussy inutile de s'amuser à dire combien la bonne nourriture des Princes est importante, comme il seroit superflu de mettre peine à persuader que la bonté et la douceur de l'air sont aussy necessaires à ceux qui en reçoiuent les impressions, comme la corruption et l'empoisonnement des riuieres et des fontaines publicques seroient dommageables à tout le monde; car, au lieu de regarder les almanachs pour sçauoir les bonnes ou les mauuaises annees, il ne faut que considerer les vertus et les vices des Princes, qui sont les astres des peuples et les vrays soleils de la terre. Et, comme c'est vn leger aduantage aux plus belles villes du monde que leurs murailles et leurs portes soyent magnifiques, si les habitans en sont vicieux et de peu de courage, aussy

---

(1) Ce mémoire, qui se trouve au commencement d'un manuscrit de la Bibliothèque Impériale, coté : S. F. 495, a été composé en 1643, au moment où, Louis XIII venant de mourir, Anne d'Autriche s'occupait de choisir un gouverneur au jeune roi Louis XIV. Cet écrit avait été demandé à Des-Yveteaux, qui put se flatter un instant d'avoir un second roi pour élève. Il y pose d'excellents principes d'éducation ; mais ses amours et ses procès lui avaient fait une réputation qui dut effrayer la Reine, et on doit peu s'étonner qu'on lui ait préféré Hardouin de Perefixe.

la splendeur et l'esclat de la fortune ne produisent
que du dommage et de la honte à ceux qui sont esleuez
sans valleur et sans merites, quoy que quelquefois la
grandeur d'vn bon vaisseau cache les deffauts d'vn
mauuais pilote.

Mais pour venir au faict, le fondement de mon intention est de faciliter et d'applanir quelque chemin
à la premiere instruction du Prince, lequel ayant la
partie de la rayson foible, celle de la colere et de la
volunté tres-forte, est d'autant plus difficile à gouuerner, qu'il semble estre nay pour gouuerner et
pour commander aux autres, principallement quand
il est nay Roy et qu'il n'a iamais esté exercé par la
bonne et par la mauuaise fortune; et encores que ie
m'estime entre les moindres de ceux qui peuuent
apporter quelque soulagement à vn labeur si penible
et si glorieux; neantmoins, comme il est ordinaire à
ceux qui veullent faire vn grand voyage de demander le chemin aux autres qui en sont reuenus, ie
diray, puisque l'on me le commande, ce que la souuenance et la pratique m'en ont layssé en l'esprit,
tenant impossible à qui que ce soit de monstrer des
voyes infaillibles par lesquelles on puisse paruenir
heureusement et seurement à un chemin si haut,
principallement dans la Cour, où tant de choses portent à faux. Cela n'empesche pas pourtant, qu'encore
que l'on aye dit autresfois qu'il n'appartient qu'aux
Roys de nourrir les Roys, que ceux qui les ont veus
nourrir n'ayent beaucoup d'aduantage, quoy qu'il
soit tousiours mal aysé de faire venir du bled sur les
rochers, dans les sables et parmy les espines; car,
quoy que la semence soit bonne et celuy qui la iette

de mesme, les sables la bruslent, les espines l'estouf-
fent et le vent l'emporte par les chemins, où elle est
plus utile aux oyseaux qu'aux Princes ; et souuent on
a veu que tout ce que le iardinier seme ne leue point,
et ce que la terre produit naturellement vient en
abundance.

le ne laysseray pas d'escrire que i'arriuay à la Cour
par le commandement de Henry le Grand, lorsque
la Reyne Marie de Medicis estoit grosse, et trouuant
le Roy aupres d'elle qui faisoit marcher Monsieur de
Vendosme deuant luy, il me commanda de m'engager
dans la conduite de son institution, afin qu'en suyte
i'entreprisse, avec plus de seureté et d'experience,
la nourriture de Monsieur le Dauphin, apres celle de
Monsieur de Vendosme, qui pour lors estoit en delice
à Sa Maiesté, qui aussi me le bailla un peu tard, le
Roy lui ayant desia donné grand part à ses plaisirs
plus secrets, et l'ayant admis à tous les entretiens du
cabinet, qui sont souuent assez libres, l'employant à
des choses qui sembloyent le rendre plus propre au
contentement particulier de Sa Maiesté qu'au bien de
son seruice, estant esleué hautement et tendrement
dans la paix et les triumphes de la guerre ; tellement
qu'ayant eu cest employ trop tard, je le quittay trop
tost, comme ie feis aussy celuy duquel ie fus apres
honoré en qualité de precepteur de Monsieur le Dauphin, lequel depuis fust Louys treiziesme, et qui n'a-
uoit pas eu, en l'age où est le Roy, moins de vigueur
d'esprit ny de beauté de corps qu'a pour ceste heure
Sa Maiesté.

En quoy l'on peut remarquer ce que vaut l'institution et ce que peut la nourriture ; car c'estoit vn

subiect pour en faire vn grand Prince, à cause qu'il
auoit vne assez cuisante ialousye de son authorité,
qui n'a iamais creue en vne profonde application,
quoy qu'elle fust tardiue aux choses que l'on luy re-
presentoit, sur lesquelles il auoit assez de iugement
pour en faire vne bonne election, qui estoit toutefois
sans suitte et sans effect, estant aysé de l'en demou-
uoir et de le tromper, pour ce qu'il suyuoit ses plaisirs bas et mauuais, se laissant apres persuader aux
derniers qui parloient à luy, faute d'vne intelligence
solide qu'il n'a iamais eue ou voulu auoir, pour ce
que l'on lui a tousiours caché les veritables causes et
les premiers mouuemens des choses; c'est pourquoy
on a veu comme il a reussy, estant tombé fort ieune
es mains de gens de peu, aussy ignorans du chemin de la reputation des Roys et des choses necessaires à la conseruation de leur gloire, comme ils
estoyent addonnés à leurs interests et à l'exercice des
choses basses, par lesquelles pourtant ils preua-
lurent et eurent le secret et la bourse, entrant en la
possession de l'age et de l'esprit de Sa Maiesté apres
que i'en fus party, au mespris du gouuerneur et des
precepteurs qui luy estoient mal propres et tres-desa-
greables; ce n'est pas, tant la Cour est mauuaise,
qu'il n'eust peu trouuer pis, comme il n'eust peu trouuer mieux.

Donc, pour euiter les accidens desquels nous
auons veu les mauuais succes, ie diray ce que ie
deuois auoir dit auparauant, que le feu Roy Louys
treiziesme, ou pour auoir esté nourry d'vn sang ma-
ternel fort grossier et d'un laict fort espais, se trouua
avec des conduits si foibles, si engagés et si peu dis-

posés à toute espece d'euaporation, ayant mesme la
faculté eiectiue fort debile, en sorte que ie ne l'ay
veu cracher, suer ny moucher tres-rarement; cela
estant les gouttieres et les purgations les plus naturelles et de plus grande descharge, tant pour la
santé que pour la liberté de la parole; de sorte que
la verité (1) me contraint de dire qu'ayant cest honneur d'estre aupres de luy, ie remediois incessamment à cela, contre l'aduis de son premier medecin,
qui disoit que ce phlegme espais et ceste mucosité
mal conditionnee se purgeoient par bas, en quoy il
s'est fort trompé, car Sa Maiesté s'est trouueé à la
fin submergee dans la quantité de ceste matiere vi-
cieuse, qui s'est pourrie et a suffoqué la chaleur naturelle, et empesché l'ordre et la function de touttes
les parties, ayant esté à la fin cause de sa mort,
comme de celle du petit Roy François, qui mourust
de mesme maladie, mais non pas aduancee comme
celle-cy par le continuel et tres-dangereux vsage des
medicines frequentes.

Or, encores que nous voyions, par la liberté de la
parole de nostre Roy et par la facilité de sa prononciation, que son temperament est autre et sa composition meilleure, neantmoins puisque la respiration
vient du nez aussy bien que de la bouche, laquelle
demeure souuent ouuerte quand le nez n'est pas
libre, on ne peut auoir trop de soin de le faire moucher, pour tenir ceste partie en office et dans vne
function aysee, laquelle se retarde et fait recuire la

(1) Le manuscrit porte : *la liberté me contraint, etc.* C'est évi-
demment une faute du copiste.

14

matiere, par la negligence des ieunes Princes, qui
sont emportés à leurs plaisirs plustost qu'à ceste subiestion.

J'adiousteray que le premier repas qu'ils font, qui
est le desieuner, ne doit pas estre (soit pour le boire
ou pour le manger) de choses douces et friandes, qui
les desgoustent pour tout le iour, en esloignant leur
appetit des viandes ordinaires, lesquelles sont la
meilleure nourriture. C'est cé qui doit faire prendre
garde aux femmes et aux valets de chambre, qui
donnent souuent des confitures et des dragees à
Leurs Maiestés, qui à cet age là se prennent et
se laissent tromper par le goust, comme faict leur
esprit par la flatterie, qui tous deux corrompent
la santé de l'vn et de l'autre. Cela a faict dire de
tout temps qu'il est inutile aux gouuerneurs et aux
gouuernantes de fermer les grandes portes du Chasteau, s'il en demeure quelque petite ouuerte, pour
ce qu'alors les souris et les renards du Louure
sont plus à craindre que les lions de la Cour; de sorte
qu'il est necessaire de s'assubiectir, sans intermis-
sion, auec vne assiduité perpetuelle aupres du Prince,
et peser les momens de ses actions et de ses exercices.

Si, des ceste heure, la Reyne lui veut designer vn
precepteur, il ne peut estre trop tost de le cercher,
afin d'en pouuoir trouuer vn qui soit assez habile
pour faire gouster à propos, delicatement et iudi-
cieusement les bonnes choses au Roy, lequel beaucoup trouuent desia fort auancé et capable de bonnes
impressions, quand on les lui donnera auec des entretiens doux, fleuris et arrousés du plaisir des contes

agreables ; car la premiere coniecture d'vn bon esprit est de mesler le plaisir au proffiet, comme les
fleurs sont dans les prairies, les estoiles dans le ciel
et les paysages dans les tableaux.

Mais puisqu'il ne suffist pas d'enrichir la memoire
du Prince, ni de fortifier son iugement, et qu'il faut
aussy lui rendre les oreilles delicates et les yeux
mesmes sçauans, on ne doit point luy rien faire
oûyr ny luy faire veoir d'obiect qui ne soit noble,
n'exposant à son imagination que les choses plai-
santes qui ont leur bienseance complette et leur ornement parfaict, ce qui fait desirer davantage que ceux
que Sa Maiesté approchera de luy pour y estre tousiours soyent gens bien faicts, qui ayent l'air, la taille
et le visage agreables, la bouche aussy pure et aussy
nette que l'ame, afin qu'ils ne craignent point d'approcher de Sa Maiesté, ny luy d'eux ; comme il me
souuient que l'on faisoit de son premier medecin (1),
dont le feu Roy m'a souuent faict plainte, et qui ce·
pendant auoit, comme ont tous les autres medecins,
les premieres occasions de faueurs, lui pouuant, des
qu'il est eueillé, imprimer leurs pretentions et leurs
conseils dans l'esprit, qui n'est pas encore engagé aux
exercices du iour et aux diuers entretiens dont apres
il peut estre enueloppé, en quoy on voit que ceste
charge n'est pas de petite importance, non plus que
celle du confesseur, dont ie me dispense de parler.

La subiestion du gouuerneur et du precepteur,
comme i'ay desia dit, est si necessaire en ceste occa-

(1) Ce médecin s'appelait Suif.

sion, qu'il semble qu'il faille parmy eux vn docteur
portatif, et qu'il soit, comme ils disent en Espagne,
hombre corriente, pour ce qu'il ne faut pas s'ennuyer
de rebattre les choses, et qu'il n'y a lieu, temps ny
discours, qui ne donne subiect d'enseigner ou de reprendre, de louer ou de blasmer, d'imiter ou d'euiter,
et à la Cour, on sçait que l'occasion vaut mieux que
la chose, et, que si la haquenée va l'amble demye-
heure, qu'elle y trotte trois heures.

De quelque sorte que la Reyne choisisse le precepteur, le premier et le meilleur laict qu'il puisse donner
au Prince, c'est l'amour et la crainte de Dieu, et luy
imprimer en toutes rencontres que la pieté va deuant
toutes les autres vertus, et que c'est d'elle que viennent toutes les felicités du Ciel et de la terre. Mais il
seroit à souhaiter que ce fust par vne autre deuotion
que celle du feu Roy, son pere, qu'il auoit plustost
prise par coustume, comme il auoit faict toutes les
autres choses, sans nulle premiere intention et sans
la pratique des bonnes actions que la deuotion veritable a accoustumé de produire; car la sienne estoit
veritablement grande et visible par l'apparence, mais
tres-sterile et imperceptible par les effects, sur quoy
quelques-vns l'ont appelé l'Incomprehensible.

C'est vn vsage ordinaire et tres-necessaire aux
Roys, qui sont nais à vne vie exemplaire, d'assister
publicquement au seruice diuin; mais il me semble
que cela ne doit pas oster, à ceux qui sont aupres
d'eux, les occasions particulieres de les faire ressouuenir d'esleuer souuent leur cœur à Dieu, en quelque
lieu qu'ils soyent; car il se presente à la chasse et à
la campagne mille subiects de l'admirer en ses œu-

ures et de se ressouuenir de sa Prouidence, qui a
voulu faire naistre Sa Maiesté par miracle, qui l'a
fait asseoir par benediction dans le throsne le plus
glorieux, et posseder la plus fameuse couronne du
monde; sur quoy l'on luy doit principallement ra-
menteuoir que sa diuine bonté l'a fait sortir d'vne
Reyne non-seulement issue de tant de Roys, mais
descendue de maisons imperiales de tous les deux
costés, qui n'empesche pas que les plus glorieux et
les plus grands aduantages qui en viennent, ne cedent, pour splendides et esclatans qu'ils soyent, à
la lumiere de ses propres vertus, aussy bien qu'à
celle de ses yeux.

D'ailleurs, chacun sçait qu'il est tres-louable à vn
Prince de porter reuerence à toutes les ceremonies
de l'Eglise et à ses ministres mesmes; mais c'est vne
chose particulierement conuenable aux couronnes
et vtile à la royauté de faire iustice aux opprimez,
de se monstrer vengeur de toutes les violences in-
iustes, estre prompt à la recompense des bons et à la
punition des meschans, de demeurer ferme dans la
confederation de tous les Princes chrestiens, puisqu'il en est le Roy, et tascher d'imiter Dieu en sa
douceur et en son humanité par toutes sortes de
pardons, puisqu'il ne le peut pas imiter en son tonnerre et en sa puissance.

Pour acheminer donc l'age du Roy à ces actions-là,
il est necessaire de munir sa memoire et d'y preparer
son esprit par les exercices conformes à son enfance,
qui lui seruent apres d'ornement et d'appuy le reste
de ses iours. Premierement, lui apprendre à lire; car
encores que sa gouuernante et les femmes qui ser-

uent soubs elle, ou possible quelque aumosnier lui
en ayent donné les commencemens, c'est au precepteur à recommencer de nouueau, à le faire lire
haut, peu et à plusieurs fois, et puis lire apres luy,
en le faisant ressouuenir et dire son aduis sur beaucoup de demandes, dans lesquelles il feindra d'apprendre, et luy en donnera des louanges. Pour les
liures, ie serois d'aduis de commencer pár Josephe et
par Justin, qui sont en assez bon françois, pour la
cognoissance generale des histoires de l'Eglise et du
monde. Je meslerois Plutarque partout (de l'impres-
sion de Vascosan), qui est le maistre des bonnes
mœurs, des exemples de magnanimité, de iustice
et de galanterie. Les histoires particulieres iroient
apres, comme celle de France de Vignier et de Com-
mines, le Livre des Roys, les Ethiques et Politiques
d'Aristote, le second liure de la Rhetorique des passions et des affections des hommes; vn Botero (1)
pour les relations des empires; les Vies du connes-
table du Guesclin, de Bayart, de Ximenès, avec celle
du Pape Pie cinquiesme; en espagnol, la Vie de Iacob Almanzor, roy des Arabes; les Essays de Monsieur de Montaigne pour la pureté de la langue, auec
la bonté du liure; Seneque, de la traduction de
Malherbe, des Bienfaicts; la Consolation (2), de Madame
la Princesse de Conty, et mon Institution du Prince,

---

(1) Botero, précepteur des enfants de Charles-Emmanuel Ier, duc
de Savoie, né en Piémont en 1540 et mort en 1617, est auteur de
divers traités de politique, où il réfute Machiavel.

(1) Il veut dire la Consolation de Senèque, traduite par la
Princesse de Conty.

en vers, sans l'exclusion des romans et des poetes, car il faut de la salade et des fruicts avec la nourriture solide, et pour aymer à voir le plus souuent des temples magnifiques et des palais esleuez, il ne faut pas renoncer aux grottes, ny haïr les perpectives et les miroirs.

Mais premier que d'entrer en nulle sorte de commerce, il est necessaire que le precepteur desgage l'esprit du Prince des pensees contraires à l'intention des liures et le ramene mesme, ramassant son imagination diuertie en plusieurs obiects, par quelque conte de plaisir et par quelque narration agreable, de laquelle on puisse tirer profit des ce moment-là; car il faut mettre en riant l'instrument dont on veut iouer d'accord, premier que de le toucher serieusement, ce qui a tousiours heureusement reussy au comte de Gondemart, vn des plus grands officiers d'Espagne, en toutes ses negociations, ayant, premier que de traiter, gaigné l'esprit et le cœur de celuy auec lequel il traitoit et de qui il vouloit tirer quelque aduantage, par des louanges, des soubsmissions et des contes de plaisir, qu'il sembloit faire auec vne simplicité naturelle, et qui cependant se rapportoient à son but, avec vn grand art caché sous vne franchise apparente.

Auec tous les articles precedens, deux choses sont principallement requises au mestier, la douceur iudicieuse et la facilité iointe à la patience, qui est le premier fondement de toutes les deux, ayant oüy remarquer de mon temps que Monsieur de la Broue (1),

(1) Salomon de la Broue a donné le *Cavalerice François*, 1602, in-folio.

qui estoit le meilleur escuyer de France, n'a jamais faict ni bon escuyer ni bon cheval par son impatience et par sa colere.

Quant à la facilité, on a tousiours creu que la meilleure parole pour enseigner est celle que les pages et les nourrices mesmes peuuent entendre, et en laquelle les sçauans peuuent profiter et ne peuuent rien repondre; car, comme les meilleurs arbres et les plus prisés sont ceux qui sont fort hauts et qui abaissent leurs branches en se penchant vers la terre, afin qu'il y ait du fruict pour les grands et pour les petits : ainsy les ames plus esleuees et plus sçauantes sont celles qui se relaschent plus aysement aux rencontres necessaires, et qui s'accommodent à la portee de ceux qu'ils entretiennent.

Pour recueillir apres quelque fruict vtile de la lecture, il est meilleur, ce me semble, de choisir les autheurs qui ont escript les choses generales et selon l'ordre des temps, comme i'ai desia dit, et les autres ensuite; pour ce qu'vn Prince est assez sçauant en cela quand il sçait qu'Auguste n'estoit pas du temps d'Alexandre, ni Clouys ou Pharamond de celuy de Hugues Capet, et pourueu qu'il sçache les quatre premieres monarchies, qui sont aysees à retenir : Assyriens ou Hebreux, Persans, Grecs et Romains.

Ce n'est pas qu'il faille incessamment occuper son esprit à des choses plus serieuses que son age ne porte, et qu'il ne soit necessaire d'entremesler plusieurs fables choisies dans Esope et ailleurs, entre lesquelles il y en a beaucoup d'vtiles et d'agreables, comme aussy luy pourront estre les gazettes, pour sçauoir les desseins de l'Europe et les generaux qui

sont en reputation, car on ne doit pas le rebuter des
choses dont il faut qu'il demeure tousiours en goust;
mais veritablement, i'ay trouué qu'vn Prince de bon
esprit comptera aussy aysement combien il y a de
Papes, d'Empereurs et de Roys, bons et mauuais,
combien il y a eu de batailles données depuis cent
ans, combien il y a de regimens entretenus en
France, comme vn berger fera ses moutons et ses
cheures.

On doit aussy considerer que toutes les choses qui
tombent sous le poids, le nombre et la mesure, peuuent estre comprises aussy bien par les enfans que
par les hommes; car deux et deux font quatre, aussy
bien dans leur memoire comme dans celle des vieillards de cent ans. C'est pourquoy les cartes generales et puis les particulieres, tant des pays que des
grandes villes, peuuent estre monstrees de fort bonne
heure, auec les demonstrations par le compas du
lieu d'où partist Alexandre le Grand et les autres
conquerans, de leurs passages, de leurs batailles et
du lieu de leur mort, estant tres-veritable et certain
que la memoire que l'on appelle corporelle, qui consiste aux images, aux choses figurees dans les cartes
et aux medailles des Empereurs et des Roys, fait ar-
rester plus longuement dans nos esprits et y graue
beaucoup mieux la souuenance des choses qui dependent de la memoire spirituelle, que les liures
nous rafreschissent. Ce qui fait que le duc de Sa
uoie (1), pere de ceux-ci, sçauoit parfaitement l'histoire pour l'auoir apprise coniointement auec la lec-

---

(1) Victor Amé Ier, duc de Savoie, né en 1587, mort en 1637.

ture et les medailles ; mais parce que le Roy Louys
treiziesme aimoit beaucoup mieux les armes mortes (1) que les viuantes, qui sont les hommes et qui
sont les vrays et propres instrumens des Princes, qui
exécutent par eux toutes sortes d'entreprises, comme
les artisans font toutes sortes d'ouurages et de be-
sognes par leurs outils. Il est à propos de prendre
garde que Sa Maiesté ne s'amuse pas trop aux mechaniques et aux choses qui dependent de la main, à
quoy les Princes d'Italie et quelques-vns d'Allemagne
sont assez enclins, et plus accoustumez aux simu-
lacres de la guerre qu'aux effects ; car ceux qui s'a-
musent à faire des horloges, des ponts, fondre des
canons et faire toutes sortes de machines, ont eux-
mesmes plus de rapports auec les ingenieurs qu'auec
les Roys, de qui la science principale est de faire
difference des hommes, de les bien cognoistre, et de
les employer selon la diuerse capacité de leur merite.

Ce discours a plusieurs faces et beaucoup d'esten-
due sur les occasions particulieres par lesquelles on
peut voir si ces amusemens ont suite, ou s'ils seruent en quelque sorte à relascher l'esprit d'vn ieune
Prince, qui se plaira à l'instruction d'vne armee et à
la mettre en ordre, en plomb ou autrement, faire des
logements et des cartes, soit pour la campagne ou
pour le siege, ou la defense imaginaire des villes, ce
qu'il faut pour munir vne place, la fortifier et la
defendre ; si bien que toutes ces choses dependent

---

(1) Il veut peut-être dire par là que Louis XIII s'occupoit de
quelque art mécanique. Il étoit en effet peintre et musicien, et d'une
habileté rare au tir de l'arquebuse.

particulierement de la consideration de la charge de
gouuerneur, qui est de telle importance, en la mino-
rité du Roy principallement, que je croy que les deux
personnes plus puissantes du royaume, c'est celuy
qui est maistre des armes et des places au dehors,
ayant les fonds et les armees de son maistre, et
l'autre, qui tient son esprit et sa personne au dedans
de la Cour, et qui peut non seulement imprimer les
vertus et les vices qu'il a par coustume et par vne
transfusion insensible dans son ame, mais lui donner
ses opinions aussy, comme chacun a remarqué, du
temps de Charles neuf, que Monsieur de Sipiere (1),
son gouuerneur, lui auoit monstré la liberalité et luy
auoit aussy enseigné à iurer. C'est pourquoi le feu
Roy Henry le Grand, qui pensoit tousiours viure,
creut n'auoir pas besoin de tant de circonspection ny
d'aduertance quand il donna vn gouuerneur à Monsieur le Dauphin, ayant souuent oüy dire à Sa Maiesté qu'il estoit le premier gouuerneur de son fils,
et que ceux qui en auroient la qualité ne seroient que
pour le mener à la messe et luy faire prendre des
habitudes vertueuses et des exercices conuenables à
sa santé.

Il disoit de plus qu'ayant perdu son pere, le Roy
Anthoine, trop tost, il fust esleué sous les yeux de la
Reyne de Nauarre, sa mere, laquelle luy bailla deux
gouuerneurs semestres, qui lui donnoient, comme il

---

(1) Philibert de Marsilly, seigneur de Cipierre, né dans le
Maconnais, mort en 1566. « C'estoit, dit de Thou, vn homme de
bien et vn grand capitaine, qui n'auoit rien plus à cœur que la
gloire de son eleue et la tranquillité de l'Estat. »

disoit, vne assez mauuaise institution, tant pour ce
qu'on n'approuuoit pas lors cet ordre interuallaire
et alternatif, comme il se peut approuuer de la personne des soubs gouuerneurs, que parce que Monsieur de la Caze, l'vn des gouuerneurs, estoit plus
fauorisé de ceste bonne Princesse que Monsieur de
Moissant, ce qui causoit quelque mesintelligence entre eux. Le Roy se souuenoit de plus que l'on ne luy
faisoit apprendre que la vie des Roys de Juda, comme
à vn Roy huguenot, et les quatrains de Pibrac, au
lieu que son institution deuoit estre ornee du recit de
toutes les choses remarquables dans les royaumes,
de la cognoissance des Estats des Princes ses voisins,
du nombre et de la puissance de ses confederés, sans
limiter trop estroitement la liberté de son esprit, ny
le charger aussy de trop de confusion.

Sur quoy on se doit souuenir de ce que le Pape Pie
deuxiesme, qui estoit vn des plus sçauans de son
siecle, auoit accoustumé de dire : que les lettres et les
sciences estoyent comme le vin, qui n'estoit point donné
aux hommes pour s'enyurer et troubler leur iugement
ny peruuetir leur raison; que les lettres aussy ne doiuent pas offusquer notre lumiere naturelle, ni estre
preferees au sens commun, ny à la conversation des
braues hommes, qui est la meilleure et la plus grande
eschole ; car les lettres pourroient causer du dommage si elles estoient plustost apprises par vne pe-
danterie solitaire et abstraitte que par vne liberté
noble et iudicieuse, qui doit tousiours reduire les
choses à la pratique des actions et des bons exemples
de la vie et du mestier auquel nous sommes nés.

C'est pourquoy le gouuerneur, de qui despend l'entiere direction de la conduite du Prince, doit distribuer les effects de sa prudence sur toutes ses actions ; car, encores que l'architecte ne mette point la main aux pierres, à la chaux ny au sable, il fait dauantage par són compas et par son plan que tous les autres, comme peut faire aussy le gouuerneur.

Il semble et me vient de souuenir que Henry le Grand me disoit qu'il vouloit que ses enfans sçeussent la langue latine, encores qu'il y eust plus de honte à l'ignorer que de profit et de gloire aux Princes à la sçauoir ; mais ie sçais bien que i'ay esté quelquefois appelé afin de lire des despeches latines d'Allemagne et en faire pour Rome, et pour interpreter des inscriptions en vers et en prose, pour ce que le secretaire, qui d'ailleurs estoit tres-habile, n'estoit pas assez exercé en ceste langue, en laquelle la feue duchesse de Retz (1) respondit par occasion et entretint les ambassadeurs de Pologne, pour ce qu'alors il ne se trouua personne, mesme entre les Euesques, qui l'osast entreprendre, ce qui n'arriueroit pas à ceste heure, où ils sont tous sçauans en cela et en toutes autres choses.

Si Sa Maiesté auoit ceste mesme intention que le Roy son fils sceust le latin, il faudroit, pour esuiter ceste longueur assez ennuyeuse, luy apprendre les choses avant les paroles, et au lieu de decliner *musa* ou *gallina*, il seroit meilleur de decliner *Europa*, *Asia*, *Africa* et *America*, afin qu'au mesme temps on luy fist remarquer, auec tous les Roys de l'Europe et

---

(1) Claude-Catherine de Clermont, veuve de Jean d'Annebaut, baron de Retz, et épouse d'Albert de Gondi, maréchal de Retz.

tous les Potentats d'importance, toutes les choses
vtiles ou agreables des quatre parties du monde.

Mais encores que les sciences qui dependent du
discours et du langage facent une grande partie des
ornemens et de l'elegance du Prince, les sciences
asseurees, comme l'arithmetique et la geometrie, ne
luy sont pas moins necessaires. Voilà pourquoi il seroit bon de les reduire à son vtilité particuliere, et
par sa propre cognoissance, à mesure qu'il croistra
(comme nous auions deliberé de faire quand ie quittay
le Roy), luy apprendre sur les nombres combien il y a
de caualerie et d'infanterie entretenue en France et
aux autres Estats; combien de ports et de haures à
barre, à flot et de toute eau; combien il y a de gre-
niers à sel, comme il se faict et comme il se dis-
tribue; combien de receptes generales, ce qui en
reuient au Roy; ce que c'est que des cinq grosses
fermes, les tailles, les peages, les aydes, les constitu-
tions de rente, engagement et rachapt de domaines,
la paulette et le reste. Luy faire voir quelquefois les
estats de sa maison, de l'artillerie, de l'amirauté et de
l'escurie; car pour les arts, il en doit plustost tirer de
l'vtilité et du contentement par autruy que par luy-
mesme. Ainsi qu'il doit suffire, en ce qui est de l'ar-
chitecture, de sçauoir l'ordre des quatre columnes,
dorique et toscane, qui ne vont quasi que pour vne,
ionique, corinthienne et composite, sans ignorer d'où
en est venue l'inuention.

Pour la peinture, c'est assez qu'il puisse iuger de
la bonne ou mauuaise composition d'vn tableau, de
la beauté des subiects qui peuuent plus agreablement
reussir soubz le pinceau, de la situation des figures

principales et de la bienseance de toutes les autres. C'est assez, pour les pourtraicts, qu'il sçache faire la difference de ceux qui sont de front, de profil ou de tiers point.

Quant à la musique, il se doit contenter de bien iuger des beaux chants, car les Princes qui ont esté les plus sçauans en cela (comme Henry quatre, roy d'Espagne, et les autres), ce ne sont pas ceux qui ont mis leurs affaires en meilleur estat, non plus que ceux qui se sont d'aduantage estudiés à l'eloquence des paroles qu'à l'excellence des choses et à l'execution des entreprises glorieuses, comme Henry troisiesme.

Ce seroit vne grande faute de laisser negliger aux Princes les exercices qui deueloppent le corps et qui donnent l'air et la grace, comme la danse et l'escrime. Et encores que l'on dit que les François naissent le cheual entre les iambes, et que le port et la belle assiette soyent plus considerables aux grands que la forme delicate de la main, du talon et des autres aydes qui regardent tous les quatre maneges, on doit pourtant mettre peine que nostre Prince ne soit pas moindre en cela que Henry le Grand, qui, dans les tournoys et deuant les dames, qu'il ne hayssoit pas, a tousiours passé comme le plus beau gendarme et le meilleur coureur, soit par le port de la lance, le partement du cauallier, la beauté de la course, ou pour la iustesse et la netteté de l'arrest.

Ce n'est pas que je ne prefere à tout cela la cognoissance que son gouuerneur luy peut donner, sur vne feuille de papier, de toutes les prouinces de son royaume, et ensuite des bonnes et grandes maisons, luy faisant remarquer celles qui sont demeurees fer-

mes en leur deuoir pour son seruice pendant les re-
uoltes et les rebellions, afin d'aymer et de recom-
penser ceux qui en sont descendus. L'on peut reduire
la science du Prince à deux points, dont l'vn sera de
garder son authorité dehors et dedans son Estat par
la force, et l'autre de se sçauoir faire aymer par la
douceur et la ciuilité de ses mœurs dans la Cour.
L'accomplissement de ces deux choses est compris
dans l'amour que la noblesse et ses subiects luy portent, en quoy la liberalité peut beaucoup, non pas
pour la mettre trop en vsage, car elle se destruiroit
bientost et periroit par elle-mesme, si Sa Maiesté
donnoit à tout le monde. Il suffit de monstrer qu'elle
est dans le cœur du Prince, qui doit plustost enrichir ceux qui sont les derniers à demander et les
premiers à meriter. Surtout, il serait à desirer qu'a-
uec le soin du gouuerneur, il pleust à la Reyne, par
sa bonté et par sa prudence, de faire escrire au Roy
toutes les despeches estrangeres et les autres plus im-
portantes, car ce fust par là que Cheerés (1), gouuerneur de l'Empereur Charles cinq, forma et aduança
son esprit, et qu'il lui donna les aduantages qu'il eust
en la competence de l'Empire sur le grand Roy François, lequel pourtant auoit cinq ans plus que luy, et en
quoy manquerent en Espagne Garsias de Loysa et le
marquis de Veillado aupres du Roy d'Espagne, Philippe
troisiesme, et peut-estre les autres aupres de Philippe
quatre, encore viuant, lequel tout de mesme auoit
cinq ans moins que nostre Roy dernier, Louys treiziesme.

(1) Probablement Guillaume de Croy, seigneur de Chièvres.

I'ay desia beaucoup parlé des actions du gouuerneur, et n'ay osé rien dire des choses qui seruent à
son election, car la Reyne a de si excellentes cognoissances d'elle-mesme, qu'il semble que ce soit
Dieu qui les luy donne, et elle reçoit d'ailleurs des
conseils d'hommes si rares, si bien affectionnés et si
engagés aux interests de la France, que tout ce que
i'ay dit ne doit estre compté à rien, sinon à vne parfaicte obeyssance et vn bon desir de seruir.

I'ay oüy dire autresfois que, pour faire vn habile
gouuerneur, il falloit qu'il eust veu beaucoup d'hommes, beaucoup de pays et beaucoup de liures, et
qu'il peust encore faire voir, apres vn long age
propre à ceste qualité, que les annees ne luy sont
pas venues pour le rendre venerable ; car, encores
que la douceur soit le meilleur et le plus asseuré lien
des esprits, il n'y a point d'ordre ny discipline au
monde qui puisse se maintenir sans quelque seuerité,
et qui n'ait besoin aux occasions d'vne authorité ac-
compagnee de vigueur et de force. Il semble aussy
qu'il seroit raysonnable d'obseruer, pour l'institution
du Prince, en la personne du gouuerneur, ce que le
Ciel mesme a enseigné d'obseruer en celuy qui auoit la
supresme dignité au reglement des choses sacrees, estant necessaire qu'il se trouue des feuilles, des fleurs
et des fruicts en la vie des hommes qui president à la
conduite de ceux qui commandent aux autres. On
prend l'ornement des feuilles pour la science, celuy des
fleurs pour la reputation, et le fruict pour la probité,
d'où naissent les bonnes œuures et les actions pieuses,
honnestes et magnanimes, qui se trouuent souuent
aux hommes de bonne maison, et rarement ou fein-

16

tement aux autres, si Dieu mesme ne les choisit auec vn soin miraculeux.

Ie rebattrai sans cesse l'article de la subiection du gouuerneur, car ses yeux doiuent estre continuellelement attachés sur les actions du Prince, et principallement aux heures de l'exercice et de l'estude, lorsque les enfans d'honneur et les pages, que l'on doit bien choisir, ont plus de liberté avec Leurs Maiestés. Sur quoy ie n'ay pas oublié la petite incommodité qu'eust le feu Roy au bois de Vincennes, qui ne fust sçeue alors que du medecin, de moy et de feu Monsieur de Beringhen, le plus fidelle seruiteur qu'eust pu auoir iamais le Roy. Ce fust vn peu auparauant cela que le feu Roy Henry le Grand m'auoit dit qu'il falloit redoubler son soin pour veiller sur les actions de la ieunesse, et qu'il estoit estonné et fort en colere de ce qui estoit arriué à Chantilly.

Mais l'accomplissement parfaict de toutes ces choses, qui demeureroient entierement inutiles et vaines, depend de l'obeyssance du Prince et de la parfaicte intelligence du gouuerneur general auec la Reyne pour le commun bien du seruice de Leurs Maiestés, afin qu'elles demeurent ensemble avec vne telle composition et vne si grande vnion de voluntés et d'esprits, qu'il n'y aye iamais rien de separé ny en leur domination ny en leurs desseins. Ie fus estonné vn iour de ce que me dit la mareschale d'Ancre, allant à Monceaux, que, si ie voulois estre des leurs, la Reyne Mere me feroit grand et riche, deuant que le Roy me peust donner vn *soulz sols* (1). Sur quoy ma responce

(1) Il est à croire que Des-Yveteaux, en écrivant ainsi, a voulu imiter la prononciation italienne de la maréchale d'Ancre.

fust trop philosophique et trop scholaresque pour la
reduire icy. Toutesfoys, ie ne me suis point repenty
de l'auoir faicte telle, ayant autant desiré ma retraite à
ce temps là, comme ceux qui auoient la puissance de
me l'ordonner ; mais il me souuient bien que les premiers soupçons que le feu Roy et la Reyne Mere ont
eu l'vn de l'autre , auec leurs petites contradictions
assez frequentes, ont causé tout ce qui depuis est
arriué de mal, qui fist bientost beaucoup de progres.

Car le premier medecin disoit souuent au Roy, tout
bas, comme nous entrions dans le cabinet de la
Reyne Mere, qu'il se gardast bien d'y rien manger, et
si l'on luy presentoit quelque chose, qu'il dist qu'il
auoit fait collation, et me souuient qu'estant entrés ,
leurs deux petits chiens, qu'ils aimoient passionne-
ment et qu'ils appeloient tous deux *Fauorits*, se bat-
toient incessamment l'vn contre l'autre. Si bien que le
mareschal d'Ancre fut vne fois solemnellement deputé
vers moy pour persuader au Roy, de la part de la
Reyne, sa mere, qu'il luy donnast son chien, et au
contraire, le Roy desira le sien d'elle par moy-
mesme, ce qui se passa auec vn refus et vn mescon-
tentement mutuel, qui s'estant accreu de iour en
iour par les causes secrettes de la Cour, se conuertist
enfin en vne mauuaise volunté , pleine de toutes
sortes de mefiances , qui donnerent apres assez de
lieu pour accuser, peut-estre à tort, son principal
ministre d'auoir depuis manié ceste paste si indus-
trieusement en toutes les occasions, qu'il en fist vn
leuain qui nourrit depuis , pour tousiours, cette
hayne enracinée dans l'ame melancholique de Sa Maiesté ; tellement que ce scrupule profond et picquant

lui donna par interualle, à ce qu'on dit, vne si
grande terreur durant sa maladie, que Sa Maiesté
n'a rien porté de si chargeant dans le Ciel, ny de si
douloureux dans le tombeau, que le veritable regret
et la saincte repentance d'auoir mal traité la Reyne,
sa mere, auec vn memorable exemple à la Cour et
vne pieuse induction au Roy son fils de faire tout
autrement quand il sera en age.

Mais si la vie du feu cardinal de Richelieu n'eust
point esté diffamee alors par ceste action, que peut-
estre sans subiect le monde a voulu nommer in-
gratte, et si Son Eminence, pour estendre les bornes
de cet Estat, n'en eust pas fait sa proye en le consa-
crant à sa propre gloire, ses desseins estoyent si re-
leués, ses maximes si fines, ses conseils si monar-
chiques et son authorité si peu partagée, que l'on
peut dire de luy que le soleil, ny de ses premiers ny
de ses derniers rayons, n'a iamais veu de genie plus
heureux et plus hardy; de sorte que si le Ciel a desia
peu faire voir à la France qu'elle a des hommes dont
l'administration (1) sera plus salutaire et moins cala·
miteuse à ses peuples, elle n'aura de plusieurs siecles
vn tyran de si bonne grace, qui eust encore esté plus
grand s'il eust voulu estre moindre.

Ie n'oublieray pas à dire, pour la fin, qu'encores
que tous les Roys, et principallement ceux de France,
prennent assez aysement de hautes opinions de leur
grandeur et des droits et de leur souueraineté, qu'il
est bon d'imprimer dans leur esprit, de bonne heure,

---

(1) Le manuscrit porte : *admiration*. Je crois que c'est une
faute.

que les Roys de France n'ont point les hommes pour
iuges, et que leur couronne est en vne independance
aussy absolue, au regard de toutes les puissances
estrangeres, comme leur commandement est absolu
sur leurs subiects, que l'on ne peut, pour quelque
cause que ce soit, dispenser du serment de fidelité,
ce que le Prince ne peut craindre qu'en des occasions
de grandes guerres ciuiles ou estrangeres, qui peuuent naistre principallement à faute de successeurs ;
car, quand il y en a, les deux plus mauuaises coniu-
rations sont celles qui se font par ceux qui ont les
armes du Prince au dehors, et par les successeurs
au dedans ; sur les mouuemens de la religion principallement, qui s'esteignent à la fin au dommage
des coniurateurs, sur lesquels on ne peut trop souuent ouurir les yeux, car le commandement est la
nourriture la plus naturelle et la pasture la plus
friande des cœurs magnanimes vn peu interessés, et
de ceux qui n'ont autre legitime que celle qu'ils ont
sur mer et sur terre par le testament d'Adam.

Ie sçay bien qu'il n'y a point de nation au monde
qui n'ayt produit des hommes qui ont assez escript de
l'institution du Prince ; mais ils l'ont tous faict en
general, en monstrant des chemins par où l'on doit
aller et par où on ne va iamais, au lieu d'applanir et
de faciliter des voies conformes à la nature, à l'age
et à la condition des pays, des temps et des Princes.

A la suite du morceau qu'on vient de lire se trouvent quelques anecdotes sur Louis XIII. Elles sont d'une écriture plus rapide que l'Institution du Prince ; cependant, elles m'ont paru être de la même main. Je ne crois pas qu'elles aient été recueillies par Des-Yveteaux ; mais, comme elles sont intéressantes, je les ai conservées. — La *Revue Rétrospective* (t. II, p. 412) a publié quelques-unes de ces anecdotes, mais différemment racontées.

L E Roy Louys treiziesme n'a iamais aymé les lettres et fort peu les gens de lettres, et l'on croit que c'estoit à cause principalement de son infirmité nàturelle et begayement de langue, ne pouuant lire ni prononcer qu'auec grandissime peine , iusques-là qu'vn iour, ne pouuant à son gré prononcer vn certain mot, il s'empoignoit le visage d'vne de ses mains, tout en furie et de despit de ne pouuoir dire comme les autres , et on eust peine de l'empescher de se faire mal, luy disant que Dieu le vouloit ainsy, pour lui faire voir que les Roys estoient subiects aux infirmités comme les autres hommes. Aux choses serieuses, il a monstré vn iugement fort rassis, et a tousiours aymé la iustice et l'equité; mais il a esté long-temps attaché aux humeurs de l'enfance.

— Il y a eu de grands manquemens en son education, par la mollesse de son gouuerneur, pour luy auoir trop deferé du commencement, auoir esté trop indulgent à son opiniastreté, et luy auoir laissé tellement prendre ses plaisirs selon son inclination , qu'vne fauconncrie tout proche de son cabinet le diuertissoit de l'estude. Il a tenu de l'auarice du Roy

son pere, et ne s'est monstré liberal qu'à ceux qui
ont plié à son humeur, comme vn nommé Haran,
garçon de la chambre, lequel pourtant il congedia
pour vn petit chien qu'il auoit laissé eschapper et qui
auoit bourré vn de ses oyseaux sans le tuer. Bien
qu'il luy demandast pardon à genoux, il fust huit
iours sans le vouloir voir, et ne luy eust pardonné,
sans qu'on luy dit que de desespoir il s'en estoit allé
dans les bois, où l'on n'auoit trouué que son chapeau et que les loups l'auoient mangé. Apres quoy il
dit qu'on le cherchast; l'on luy ramena, et sa paix
fut faicte.

— Il estoit extresmement colere, et vn iour que son
precepteur pour le latin, nommé M. de Fleurance, en-
tra dans la galerie où il estoit, vn de ses chiens mordit
à la iambe ledit sieur de Fleurance, lequel lui donna
vn coup de pied, dont le chien se mist à crier. Alors
le Roy vint à lui de colere et luy donna quelques
coups de poingt, dont ledit sieur de Fleurance fust
sy touché, qu'il se mist au lict, où la fieure le prist, et
en mourust peu apres.

— Le Roy aymoit fort les mechaniques, et estoit
fort adroit et fort artiste à ce qu'il entreprenoit de
faire, où il s'attachoit auec vne patience extresme.

— L'on luy voulust vn iour faire escrire une lettre
de sa main au Pape, pour responce d'vne que le Pape
luy auoit escripte de la sienne, et l'on stipula que cette
lettre iroit pour sa leçon; mais comme c'étoit pour
vne recommandation qui ne luy plaisoit pas, iamais

l'on ne peut seulement lui faire faire vne grande M
au commencement de la dite lettre. Enfin, M. de
Souuré le pressant vn peu de pres, il lui fit vnè re-
partie fort fascheuse, mais M. de Bouillon se trouuant là present, commença de le caioler, et gagna de
sorte, qu'il fist apres tout ce qu'on vouloit et fist sa-
tisfaction à M. de Souuré.

— Le Roy Louys treiziesme aymoit, estant ieune,
vn sien cocher nommé Saint-Amour, auec lequel il se
familiarisoit, et souuent, montant en carosse, il luy
commandoit de faire claquer et faire bruit avec son
fouet, et luy-mesme, quelquefois, vouloit faire de
mesme s'il eust peu. Depuis, il en fist son valet de
chambre, et le mesme Saint-Amour a eu vn fils rec-
teur de l'Uniuersité. Apres auoir vendu ceste charge
apres la mort de son dit pere, il arriua qu'en l'an 1612,
ledit Saint-Amour estant present en la chambre du
Roy, comme Sa Maiesté enchargeoit à vne personne
de condition qu'il enuoyoit en Espagne visiter l'in-
fante sa maistresse, il luy recommandoit de luy rapporter des particularités de sa taille et de sa personne, afin d'en estre informé entierement, ledit
Saint-Amour s'ingera de luy dire auec liberté : « Sire,
si ie l'auois veue, ie vous en dirois bien ce qui en est. »
Sur quoy il lui fist donner de l'argent, et voulust qu'il
fist le voyage d'Espagne auec celuy que le Roy y enuoyoit. Puis le Roy disoit tout haut : « Je sçay bien
qu'il me rapportera la verité et ne me mentira point. »

LETTRE A M. DV-PVY,

CONSEILLER D'ESTAT (1).

MONSIEVR,

I'ay tousiours tant honoré vostre vertu et me suis
trouué si disposé de tout temps à faire ce que vous
me voudriez commander, que presentement les loyx
de nostre amitié et du respect que ie vous doy, auec
les offices importans que i'ay reçeus de vous, ne me
permettent point de vous cacher l'infidelité et la re-
marquable trahison que m'a faite Edouard Le Preuost,
aussy bien preparé à vne si illustre perfidie, comme
il le deuoit estre à une reconnoissance tres-conue-
nable, au traitement qu'il a tousiours reçeu de moy,
pouuant dire auec verité que Mme sa mere s'est seruie
long-temps de plus de cent mille francs de mon
argent, qu'il a enfin dissip*ees* tout seul, par des dis-
solutions fort basses et fort infames.

Il n'a pas layssé de declarer si insidieusement son
mechant dessein contre moy, qu'il n'y a iamais eu

---

(1) Cette lettre, que je crois complétement inconnue, est extraite
des manuscrits de la Bibliothèque Impériale, collection Du-Puy,
registre 803. Elle ne porte point de date et rien n'indique l'époque
précise à laquelle elle a été écrite. Cependant, s'il est permis de
former une conjecture, le nom d'Edouard Le Prevost qui s'y
trouve ne pourrait-il pas se rapporter au fils de Mme de Saint-
Germain-Prevost, que Des-Yveteaux a aimée et par le mari de
laquelle il a été si maltraité. (Voir, p. 141 et 142, les *Bastons rompus sur le Viel de la Montagne*.)

vice de mulet qui ayt egallé le sien, ce que i'ay
long-temps negligé de vous escrire, tant pour la
peine que i'auoy de blesser la chasteté de votre en-
tretien que pour ce que le plaisir que i'ay desia reçeu
de son elongnement et de la rupture d'vne societé
inutille et tres-vicieuse est plus grand que ne sera,
Dieu aydant, le dommage des tours qu'il pourra
continuer de me faire, pour mechans qu'ils soyent.
Mais ie me suis senty d'ailleurs si naturellement
obligé à conseruer l'eminente et profonde veneration
en laquelle i'ay tousiours eu le nom et la maison
de Thou, aussy bien que les personnes, que i'ay creu
vous deuoir renouueler qu'il n'y a rien qui me peust
iamais detacher de la syncere deuotion que i'ay au
bien de leur seruice. Ce qui me faict vous supplier de
me faire cette grace d'obtenir, par vostre bonté iudicieuse, que les marques dont il a pleu à Monsieur
de Thou de m'honorer par son amitié ne souffrent
point d'alteration, puisque rien ne peut iamais causer de diminution en la tres-humble seruitude auec
laquelle ie suis,

MONSIEVR,

Votre tres-obeyssant et tres-affectionné
seruiteur,

DES-YVETEAVX.

APPENDICE.

AV SIEVR DES-YVETEAVX

NICOLAS VAVQVELIN,

LORS AGÉ DE 14 A 15 ANS,

SATYRE

PAR LE Sr DE LA FRESNAIE VAVQVELIN,

SON PERE (1).

—

Tv portes, mon cher fils, le nom assez fameux
De ton grand bisayeul; c'est pourquoy, si tu veux
Ensuyure ses vertus, tu as vn exemplaire,
Sans le cercher plus loin, pour t'apprendre à bien faire.
Si nous sommes soigneux des tableaux, des pourtraicts
Que les peintres nous ont de nos grands peres faicts,
A plus forte raison le deuons nous pas estre
De leur belles vertus, que l'on deust voir renaistre,
Peintes au vif tableau de nos comportemens?
Dauantage tu as cent mille enseignemens
Q'appris tu as de moi, soit ou de Phocilide,
D'Isocrate, Hesiode ou Theognis, qui de guide

(1) Les diverses poésies du sieur de la Fresnaye Vauquelin.
(Caen, Ch. Macé, 1605, in-8°.)

Tousiours te seruiront, si tu remarques bien
Que le sçauoir qui n'est pratiqué ne vaut rien.

    Tu es ieune, estudie en ta belle ieunesse,
Et tandis que tu l'as, employe en allegresse
Le temps et la saison ; car, mon fils, des meshuy,
Pour le tien tu n'auras iamais le temps d'autruy.
Ce n'est pas qu'il te faille alambiquer ton ame,
Pour, brillant nuict et iour, la distiller en flamme :
Car il est plus de temps que d'œuure ; toutefois,
Vne saison se change en l'autre tous les mois ;
Et, des l'age premier, on prend vne habitude
D'aymer ou de haïr les Muses et l'estude.
De nature tu n'es robuste ni puissant,
Pour des armes porter le faix rude et pesant ;
Ains tu as vn esprit qui, tenant de Mercure
Et du chantre Apollon, des lettres aura cure.
Peut-estre ton puisné, plus fort et vigoureux,
Suiura de nos ayeux ce mestier rigoureux.
L'estude ne t'est plus vne dure contrainte,
Ce t'est vne coutume, ainsy que t'est la crainte
De Dieu, vers qui tousiours tu dois auoir recours :
Car vain sera d'ailleurs en tout temps le secours.

    Mais par sus tout, mon fils, ie te prie estudie
D'apprendre la sagesse et de former ta vie
A l'exemple des bons, et n'appren le sçauoir
Pour richesse ou profit quelque iour en auoir.
Tu seras assez riche ayant en ta ieunesse
Appris par les vertus a gagner la sagesse,
A n'estre point meschant, a n'auoir dans le cœur
Vn bourreau qui, cruel, te traite à la rigueur :
Car tousiours la nature à mal faire est forcee,
Et qui fault connoit bien la faulte en sa pensee.

Si tost que le malin a commis vn forfaict,
Il se fasche aussitost au cœur de l'auoir faict.
La premiere vengeance et la plus admirable,
C'est que de son peché n'est iamais le coulpable
Absous dedans son ame : estant iuge de soy,
Tousiours il se condamne en miserable esmoy,
Bien qu'il ait obtenu, par faueur amiable,
Vne absolution d'vn parlement ployable.
   Fautif ne te pren pas, mon fils, à l'Eternel,
Comme s'il t'auoit fait pour estre criminel.
Bref, il te faut garder de sotte vehemence,
Accuser du haut Dieu la haute providence;
(Car rien n'est faict sans cause) ains prendre en bone part
Et les biens et les maux, ainsy qu'il les depart :
Vouloir tout ce qu'il veut : aussy iamais ne dire
Que le mauuais est riche ayant ce qu'il desire,
Et que le vertueux est poure et souffreteux;
Le sage n'est iamais de rien necessiteux.
En quoy penserois-tu que le peruers abonde
Plus que celuy qui bon sur la vertu se fonde?
En meubles, en argent, en grand's possessions?
Aussy penses-tu point à mile passions,
Dont iour et nuict son ame en songes agitee,
En transe dorueillante (1) est tousiours tempestee?
Il n'en faut faire estat, mais plustost regarder
S'il sçait, auec ses biens, mieux que toy commander
A ses affections, et s'il a plus de honte
Et plus de foy que toy; s'il faict autant de conte

(1) Je crois que ce mot est de l'invention de l'auteur, qui a voulu
signifier un *sommeil agité*. Casimir Delavigne a dit plus élegamment
dans sa *Messénienne* à Napoléon : *Tourmenté d'un sommeil sans
repos*. C'est absolument la même pensée.

De l'honneur que tu fais ; alors tu trouueras
Que, beaucoup plus qu'il n'est, abondant tu seras,
Possedant la vertu. Cil plus riche demeure
Qui des richesses a la plus belle et meilleure.

Ne sois donc point oiseux, et ferme te resous
A suiure, en long habit, la vertu comme nous.
Tu en auras plus d'heur qu'à suiure la maniere
Du gentil-homme ayant vne gentil-hommiere,
Vne grand'salle antique, où pend es soliueaux
Vne corne de cerf pour pendre les chapeaux
Et les trompes de chasse ; où l'on voit vn mesnage
De gents, de chiens, d'oyseaux, ainsy qu'au premier age.
(Nous en auons de mesme ; en nos lieux tu pourras
Prendre vn pareil plaisir alors que tu voudras).
Puis vn valet de chiens, vn maquignon, en somme,
Au monde faict autant que faict vn gentil-homme,
Qui ne faict que chasser et picquer ses cheuaux.

Or, ieune, embrasse donc, par courageux trauaux,
L'estude et la science ; apres, auecque ioye,
Tu iouiras content d'vne si belle proye.
Aux honneurs paruenu, craignant Dieu, puisses-tu,
Le reste de tes ans, t'esiouir en vertu.
Comme Mimnerme (1) a dit : « Si notre vie humaine
De labeurs, de tourmens, d'ennuys est toute pleine,
Sans le plaisir des arts et d'vn loyal amour, »
Ie souhaite qu'alors il ne se passe vn iour
Qu'en ieux et qu'en plaisirs, qu'en vers, entre les Muses ;
La pluspart de tes ans ioyeusement tu n'vses ;

_____

(1) Mimnerme, poëte grec, dont il ne nous est parvenu que quelques fragments.

Ayant vn naturel tellement adoucy,
Que, soucieux estant, tu sembles sans soucy,
Et gracieux, faisant, d'vne adresse prudente,
Qu'en public et priué de toy l'on se contente.

BASTONS ROMPVS

SVR LE VIEIL DE LA MONTAGNE (1).

———

C'EST bien à toi, vieille carcasse,
Reste du temps de Pharamond,
De faire tant du Rodomond,
Toi dont l'esprit est tout de glace.
Ton bras etique et languissant,
Comme le reste est impuissant;

(1) Cette satire contre Des-Yveteaux est imprimée à la suite de
la *Replique de la veuue du S*ʳ *de Leziniere aux obseruations du
S*ʳ *Des-Yueteaux*, etc. (Bibl. Imp., in-4°, F. 2955.)
L'auteur de cette pièce est inconnu. Si cependant j'osois hasarder
une supposition, je l'attribuerois à Hercule Vauquelin, maître des
requêtes à Caen, fils de Guillaume Vauquelin. Voici sur quoi je me
fonde : M. P. Pâris, dans sa nouvelle édition de Tallemant des
Réaux (Paris, Techener, 1854, t. I, p. 356), cite une lettre de
Jacques Du-Puy, dans laquelle on lit :

« Le bonhomme Des-Yueteaux a esté seruy de *factum* iniurieux,
» par son neueu, sur le subiect d'vn proces....... Cependant la
» *Sultane*, son mary et plusieurs valets demeurent tousiours à la
» Conciergerie, etc. »

Il résulte de là qu'Hercule est l'auteur des *factum*, et ce nom de
Sultane, qui est donné à la Du-Puy au quatorzième vers des *Bastons
Rompus*, peut fort bien permettre d'attribuer cette dernière pièce
au même auteur. D'ailleurs les membres de cette famille étoient en
général un peu poëtes ou un peu fous.

Tu ferois bien mieux de te taire.
Ton visage, peint et plissé,
N'est desormais propre qu'à faire
Vne enseigne du temps passé.

Tu ne parles que coq-à-l'asne,
Et l'on dit que tu t'es vanté
D'armer contre la chrestienté,
Afin de r'auoir ta Sultane (1).
Ton medecin *a latere*,
De toy tant de foys desiré,
Non pour le salut de ton ame,
Pourroit bien vn iour t'alarmer,
Et tu deurois craindre la flame
Du feu qui va la consumer.

Si, par ton conseil trop inique,
Elle a donné scandale à tous,
Pourquoy d'vn supplice plus doux
Puniroit-on ceste impudique?
Et pourrois-tu bien empescher
Qu'on ne la vist sur le bucher?
Ou qu'on ne te mist auec elle,
Toy dont l'enorme impieté
Merite vne flamme eternelle,
Raillant de la Divinité?

La Bible te semble vne farce;
Par tes discours et tes escrits,

(1) Jeanne Du-Puy, alors en prison par suite de la mort de Lezinière.

De Dieu tu fais tousiours mespris,
Et n'en connois point que ta garce.
Ton iardin, à ce que tu dis,
Est ton vnique Paradis;
C'est là que tu fais l'idolastre
D'vn Mercure, d'vne Venus,
Et d'autres marmousets de plastre
Que l'Eglise n'a point conneus (1).

Souuien toy de tes voleries,
Quand du peuple tu fus maudit
Et lorsque tu fus interdit
Pour tes sales coyonneries (2).
Si tost que tu fus accusé,
Tu fuis, en pedant desguisé,
Hors le ressort de ta prouince;
Et venant icy te sauuer,
Sans la fauueur d'vn ieune Prince (3),
Ton procez s'alloit acheuer.

Ie veux enrichir ton histoire
D'vn vieil registre du passé
Que le temps n'a point effacé
D'vne si fidele memoire.
Pour vne vilaine action
Tu receus malediction

---

(1) Des-Yveteaux avoit des statues dans son jardin. Ce n'étoit pas là un bien grand crime.

(2) Par arrest du parlement de Rouen, pour concussion, en 1599. (Note de l'auteur du poëme.)

(3) Le M^{al} d'Estrées, probablement.

De ton Pere sçauant et sage.
Ne fust-ce pas vn grand forfaict
De luy derober son ouurage
Et te vanter de l'auoir faict (1).

Ton esprit faict au badinage,
Tes sales intrigues d'amour,
Te firent passer à la Cour
Pour vn faiseur de rime à gage.
N'estois tu pas poete et valet,
Faisant et portant le poulet (2)?
Tes vers ont faict ta renommee,
Puisqu'en fin leur sens le plus beau
Et leur grace plus estimee
T'erigerent en maquereau.

Tu t'accostas d'vne Harpie,
Le pis aller de son vieil temps,
Qui te put en ses derniers ans
Charmer auecque sa roupie.
Cest original d'Aretin
Qui fut ialouse d'vn festin
Que tu faisois à Dulcinee,
S'en vint chez toi *comme vn Preuost* (3),

---

(1) Une elegie en vers françois que son pere auoit composee, qu'il s'attribue. (Note de l'auteur des *Bastons*.) M. J. Pichon suppose que c'est l'élégie adressée à Des-Portes. (Voir une note sur cette pièce, p. 13.)

(2) Allusion aux vers qu'il avait faits pour Henri IV. C'étoit l'usage alors. Des-Portes, Bertaut, Malherbe même et d'autres en ont fait tout autant.

(3) Tallemant des Réaux raconte que Mme de Saint-Germain-Prevost, avec qui Des Yveteaux avait eu des intrigues, vint chez

Et comme peste de Phinee,
Piller et gaster tout le rost.

Il courut vn bruit par la ville
Que pour euiter son ialoux
Tu fus auecque les matous
Prendre le grenier pour azile ;
Mais ce mary t'alla cercher
Auecq les armes du cocher
En ce lieu pour te faire feste,
Et l'on tient pour tout asseuré
Qu'vn coup de hache sur la teste
Depuis ce temps t'est demeuré (1).

Ce sont là tes bonnes fortunes,
Et tu ne te sçaurois vanter
D'auoir peu de dame enchanter
Si ce n'estoit des plus communes ;
Mais ta belle Iris (2) pourra bien
Se vanter en harpant (3) ton bien
De t'auoir enchanté toy-mesme.
Au Sabbat elle a grande part,

lui un jour qu'il donnoit à dîner, et, trouvant la table mise, tira
la nappe par un bout et jeta tout le service par terre. Mémoires de
T. des Réaux. (Paris, Techener, 1854, t. I, p. 344.)

(1) M. de Saint-Germain, l'ayant surpris dans une conversation
trop intime avec sa femme, le battit si cruellement, qu'il fut laissé
pour mort au milieu de la rue. (Tallemant des Réaux.) La correc-
tion dont parle l'auteur des *Bastons Rompus* aurait été peut-être
plus humiliante et tout aussi sérieuse. (J. Pichon, notice sur Des-
Yveteaux.)

(2) Elle est ainsi nommée dans le II⁰ vol. des Œuvres de Saint-
Amant. (Note de l'auteur.)

(3) Elle jouoit de la harpe.

Et tu l'y suiuras, si tu l'aime,
Chez la Boulais et la Guichard (1).

Tu merites que l'on te berne
D'aimer ceste rosse qui fut
Le reste ou plutost le rebut
De quelque valet de tauerne.
Ce gibier à demy-teston
Du laquais et du marmiton
Faict maintenant toute la ioye,
Et par vn estrange destin,
Toy-mesme est deuenu la proye
D'vne succube de lutin.

Son mary que tu tiens à gage,
Ce petit marmouset cornu
Qui n'a point d'autre reuenu
Que celuy de son cocuage,
Est l'ayde de ton cuisinier,
Camarade du palfrenier,
Enfin il est de la famille,
Il ne faict desormais qu'vn pot
Pour toy, pour sa femme, et ta fille,
Pour son fils et sa Phelipot (2).

O la plaisante œconomie !
Que ce logis est bien reglé !

(1) Sorcieres reputées dans Paris, qu'elle frequente. (Note de l'auteur.)
(2) Concubine du mary d'Iris. (Note de l'auteur.)

Certes il doit estre appelé
Le bordel de l'Academie.
Dedans ce cabaret d'honneur,
Le frere est page de la sœur,
Le mary valet de sa femme,
Et s'il couche auecq le cocher,
Elle qui tranche de la Dame,
Auecq Monsieur s'en va coucher.

Mais que ceste falotte histoire
Paroit vn monde renuersé,
Et que l'on est embarrassé
Si le domestique on veut croire !
Pour moy, ie suys bien asseuré
Qu'vn de leurs valets m'a iuré
Qu'il fust vn matin les surprendre
Entassez dans vn mesme lict,
Mere, fille, oncle, neueu, gendre,
Qui faisoient.... et cela suffit.

Cette famille est abondante
En cornes qu'ils se font porter;
Car le neueu se peut vanter
Des choses dont l'oncle se vante.
La mere aussy, par son adueu,
Fait cocu l'oncle et le neueu.
La fille vit comme la mere;
C'est en ce lieu d'impureté
Que l'inceste et que l'adultere
Regnent auecque impunité.

C'est vn beau suiect de colere,
Antiquaille de cuir boüilly,
Lorsque tu dis auoir failly
De n'estre pas epoux et pere.
Ce crime estoit digne de toy,
Et certes ie ne sçay pourquoy
Tu n'as pas espousé ta fille ;
Il eust esté plus à propos,
Que d'auoir pris pour gendre vn drille
Qui te faict perdre le repos.

Ceste nopce de Jean Des-Vignes
T'accable d'horribles forfaicts,
Plus grands que iamais n'en ont faicts
Les meurtriers les plus insignes ;
Vn frere, vn oncle assassiné,
Par le conseil d'vn vieil damné
Qui se dist ieune aupres des anges (1).
A-t-on veu registre au Palais
Chargé de crimes plus etranges
Qu'en ont fait maistres et valets.

Voy le desordre epouuantable
Où ce massacre t'a plongé ;
Il ne fut iamais d'enragé
Qui fist chose plus effroyable.
Consulte tes meilleurs amis,
Demande leur s'il est permis

---

(1) Dans vne chanson qu'il fist l'hyuer passé pour son Iris.
(Note de l'auteur.) Voir le couplet, p. 84.

De t'abandonner à la rage
De ceste maudite guenon,
Qui n'aime rien que le carnage
De ceux dont tu portes le nom.

Ne monstre plus tant de foiblesse ;
Quitte ce diable desguisé,
Si tu ne veux estre accusé
De profonde sceleratesse :
Suy les conseils de ton curé,
Fuy ce monstre denaturé
Qui te tient l'esprit en echarpe :
Souffre-tu ce qu'on dit de toy,
Qu'vne gueuse auecque sa harpe
T'a faict abandonner ta foy ?

Tu dis, renonçant au Baptesme,
Que l'Alcoran n'ordonne pas
De se priuer d'vn bon repas,
Les Quatre-Temps ny le Karesme.
Quand tu ris de ton vieil pasteur,
Que tu l'appelles seducteur,
Vn cagot qui conte des fables ;
Nous en sçauons bien la raison,
C'est qu'il vouloit chasser les diables
Qui logent dedans ta maison.

Il t'en demanda la promesse ;
Tu dis qu'il auoit beau prosner,
Que plutost que de la signer
Tu n'irois iamais à la messe.

Depuis, par d'horribles sermens,
Tu renonças aux sacremens,
Aux prestres, aux missionnaires,
Iurant qu'il valoit mieux nourrir
Tes infames pensionnaires
Que de t'instruire à bien mourir (1).

Maintenant tu te desespere,
Et l'on dit tout haut à la Cour,
Que tu regrettes nuict et iour
La perte de ton adultere :
Tes yeux en sont tout chassieux,
Ton nez bourgeonné roupieux,
Et ta taille en est en ruine ;
Et l'on diroit, à tes hauts cris,
Que la peste, guerre et famine
Ont tout rauagé dans Paris.

Ton ame de douleur saisie
Te fait cercher, pauure insensé,
Vn complaisant interessé
Qui te flatte en ta frenesie,
Pour adoucir vn peu tes maux.
Vn certain diseur de bons mots
Te faict vne plaisante guerre :
Dire son nom ie ne sçaurois

---

(1) Tallemant des Réaux raconte cette anecdote qui est para-
phrasée ici avec beaucoup d'exagération. Il faut bien se garder,
du reste, de prendre au pied de la lettre cette satire où la haine la
plus envenimée déborde à chaque vers.

Mais les histoires d'Angleterre,
Le mettent au nombre des Roys (1).

   Ce grand docteur en carbonnade,
Ce fils dont tu fais tant de cas,
Qui mettroit pour vn bon repas,
Ses peres en capilotade,
Te voyant en ce desespoir,
Te dist qu'il luy sembloit reuoir,
En ses douleurs demesurees,
Picholini se lamenter
Pour sa cheure aux cornes dorees,
Qu'vn brutal luy venoit d'oster.

   Parlant de ta nymphe grotesque,
Qui te faict pousser tant d'helas,
Au lieu de trouuer du soulas
Aupres de cet amy burlesque,
Il te dist pour te consoler,
Qu'on la verroit bientost aller
En pompe dans vne charette,
Qu'alors certes il feroit beau
Te voir comme vn Anaxarette,
Pendu pres d'elle à son poteau.

   Quand tu luy contois la prouesse
De ton digne neueu beau-fils,

(1) Ce diseur de bons mots, qui porte le nom d'un roi d'Angleterre, pourrait bien être cet *Edouard* Le Prevost, dont il est question dans la lettre de Des-Yveteaux, publiée pour la première fois
ci-dessus, p. 129.

Et du bon chois que tu en fis
Pour le baston de ta vieillesse ;
Il te iuroit en serieux,
Qu'vne etrille luy viendroit mieux
Que l'estocade ou la rondache,
Et qu'il auoit veu le portraict
Du vieil et moderne brauache
Dont il n'auoit pas vn seul traict.

Mais guery ton esprit malade,
Car ie te veux dire sans fard,
Qu'on se mocque d'vn vieux penard
Qui se desguise en mascarade ;
Mercure estoit et ieune et beau,
Non comme toy pres du tombeau,
Quand il portoit le caducee :
Il vaut bien mieux prendre le froc,
Pour purger ta faute passee,
Qu'vne toque à plumes de coq.

Quitte desormais le bon drolle,
Pour suiure le petit collet,
Et sçache que le chapelet
Sied mieux en main que sur l'espaule.
Renonce donc aux vanitez,
Exerce quelques qualitez
De l'argent de ton benefice ;
Car enfin il faut qu'vn abbé,
Qui ne dist iamais son office,
Rende ce qu'il a derobé.

Ne farde plus ton vieil squelette ,
C'est maintenant qu'il faut songer
A laisser l'habit de berger,
La pennetiere et la houlette.
Ne pense plus à ton Iris ;
Ne barbouille plus ton poil gris ;
Il est temps de leuer le masque.
A quoy te seruent les parfums ;
La Parque plus viste qu'vn Basque ,
Te va mettre au rang des defuncts.

Tes Muses sottes et chenuës,
Qui ne font plus que radotter,
Voudront sans doute encor chanter
Contre ces veritez connuës ;
Mais desia de mon Apollon
La trompette et le violon
Se preparent à la replique ;
Iuge par cest echantillon ,
Combien doit craindre vne bourrique
La pointe de mon eguillon.

RESPONSE AV SONNET XIII (1).

Vivre en Sardanapale et croire en Epicure,
  Noyer ses sentimens dans les plaisirs du corps,
Parmy l'oisiueté faire tous ses efforts,
Afin de satisfaire à la bonne nature ;

  N'auoir pour tout obiect qu'vne sale peinture,
Souiller l'ame au dedans et les yeux au dehors,
Sur les quatrevingts ans presque au nombre des morts,
Ne mediter iamais ny mort ny sepulture ;

  Vn serail qui comprend l'vne et l'autre Venus,
Des femmes sans honneur et des marys cornus,
Des enfans, mais batards, des valets, mais infames ;

  Estre consideré comme vn vieux monument,
Qui cache sous la cendre vn tison plein de flamme :
C'est attendre à Paris l'enfer tout doucement.

---

(1) Ce sonnet se trouve au recueil de Sercy (Paris, 1655),
p. 63. Quoique signé O. Gr., il a tout à fait l'allure des vers pré-
cédents, et pourroit bien être de la même main.

TABLE.

—

SONNETS.

APPENDICE.

FIN.

Les *OEuvres de Vauquelin Des-Yveteaux* ont été imprimées à 300 exemplaires numérotés, savoir :

2 sur peau de vélin (qui ne seront pas vendus) : Nos 1 et 2.

9 sur grand papier vélin chamois : Nos 3 à 11.

15 sur grand papier vélin blanc : Nos 12 à 26.

274 sur beau papier vergé de Hollande : Nos 27 à 300.

No

AVGVSTE AVBRY,

EDITEVR A PARIS.

ENSEIGNE·MOY·MON·DIEV·QVE·TON·VOVLOIR·IE·FACE·IE·PVISSE·VEOIR·TA·FACE·TAT·QVE·AV·CELESTE·LIEV

AVGVSTE HERISSEY,

IMPRIMEVR A EVREVX.

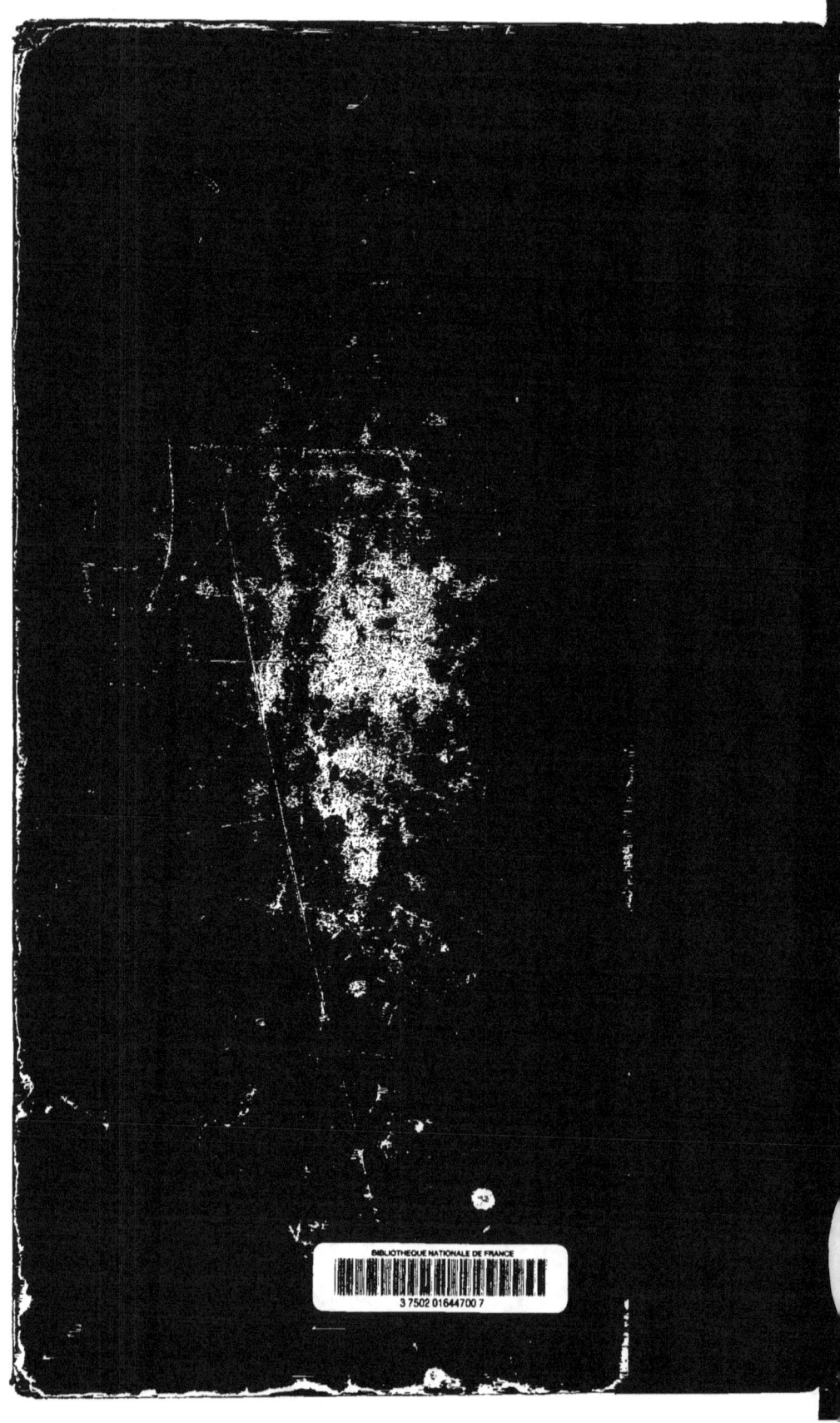

www.ingramcontent.com/pod-product-compliance
Lightning Source LLC
Chambersburg PA
CBHW070856030726
47504CB00005B/1355